非限定Alpha

作者／米洛

1

3 — 2

「快看，他好帥！」

「這麼高，是Alpha吧。」

「去問問能不能加好友？」

一旁女高中生們興奮的低語闖入蘇珞耳朵，但蘇珞眼裡只有剛到手的電影票，再次確認了座位號後，他迫不及待地掏出手機，撥通秦越的號碼。

嘟……嘟……他的心怦怦跳，明明離放映時間還早得很，他卻忍不住跑過來拿票。

「喂？蘇珞？」

低沉渾厚、給人十足安心感的聲音傳來，這一瞬間，四周的喧鬧似乎都消失了。

蘇珞不自覺地笑起來。「早啊，班長。」

「早啊，蘇珞，我正要打給你……」電話那頭飽含歉意地說：「我今天突然有事，去不了了，我們改天再看電影吧。」

蘇珞怔住，心臟竟跳得更響。「是……出什麼事了嗎？」

「就家裡發生一些事……抱歉啊。」

「正好。」蘇珞頓了一下，「我也還沒起來呢，昨晚通宵開黑。」

「熬夜打遊戲可不好，馬上要考試了。」

非限定Alpha——米洛

「嘿，知道啦。那班長你忙吧，我剛好補眠一下。」蘇珞笑著說。

「好，我們週一見。」

電話掛斷，蘇珞搔了搔後腦勺。「要不把票退了吧？」

《晴空之戀》，光看預告就很甜。

這樣的電影，要和班長一起看才有意思。

蘇珞拿著手機，想搜尋怎麼退票，結果發現後台開著一堆ＡＰＰ：電影院最佳座位怎麼選、Alpha約會攻略、黃色印花T恤配什麼顏色的球鞋更帥、網紅手搖飲料店、餐廳推薦。

仔細想想，他要退的預定可真不少，還有網紅火鍋店、蛋糕店、劇本殺遊戲店家。

自從和班長約好一起看電影，這個月的課餘時間，他都在打工攢錢。

「班長的聲音聽起來有點累，他真的沒事嗎？」站在取票機的邊上，蘇珞有點後悔剛才沒有多問兩句。

果然不該在月考期間約他出來。秦越既是班長也是學生會會長，他要做的事情那麼多，週末也該陪陪家人……

（他和我不一樣，有爸媽，有弟弟、妹妹。）

蘇珞都不知道父親現在在哪。

身為電力公司的高級工程師，父親不是在出差，就是去出差的路上。父子兩人見面的時間，以小時論，一年能夠湊足一百小時已是奇跡。

「你又不是Omega，一個人生活也沒問題吧。」這是四年前父親說的話。「我也有我的工程要忙啊。」

蘇珞想，確實沒什麼問題，除了他喜歡上Alpha以外。

父親因為是Beta，無法標記Omega的母親，最終還是離婚了。

那年他才七歲，就看到父親抱頭痛哭、崩潰酗酒的樣子。

現在身為Alpha的他又重蹈覆轍，喜歡上了無法被他標記的班長，這「異」性戀難道還能家族遺傳？

不管怎樣，蘇珞不認為自己會像父親那樣輕言放棄。

既然喜歡，就認真去追，也不用在乎別人會怎麼看自己。

一個Alpha竟然只想和另一個Alpha約會……

（班長是不同的。我還沒見過像他這樣溫柔又有耐心的Alpha。）

「怎麼辦，雖然班長不能來，但還是很想他呢。」蘇珞笑了一下，「總之，把能退的預定都先退掉……」

轟！誇張的引擎聲，震得水泥路都一抖。

「大清早的炸街，有病啊？」

蘇珞眉頭一皺，往最前方的噪音源頭望去。

「班長？」

九點不到，正是車流高峰。

蘇珞一眼就看見秦越，一百九十公分的大高個，連背影都帥極了。

他穿著黑色襯衫和休閒褲，坐上那輛剛才發出轟鳴的銀灰保時捷。它長得很像賽道上的跑車，底盤幾乎貼地。

「真是陰魂不散。」蘇珞盯著那輛騷包又高檔的超跑。最近這段時間，它沒少出現在校門口，引起圍觀。

不知道的人還以為哪位大明星駕到，又是尖叫又是拍照，校門口堵得水泄不通。

「他很閒嗎？」蘇珞磨著後槽牙。「天天纏著班長。」

「那是昊一。」還記得秦越提起那人時，那種彷彿炫耀自家孩子似的語氣：「很囂張，對不對？」

非限定Alpha——米洛

豈止囂張，根本十級欠揍！

「昊一是我的竹馬，你別看他這樣，其實可害羞了。」秦越望著被Beta熱情包圍，卻一臉漠然的昊一。「是很好的人呢。」

蘇珞那會兒就想，在班長眼裡恐怕沒有「不好」的人吧。

畢竟在轉學第一天，就把校霸打進醫務室的自己，都能得到班長帶著崇拜的目光說：「你好強啊。」

其實，蘇珞沒有那麼強，他只是普通級別的Alpha。

像昊一那種，就算是聞不到信息素的Beta也會瘋狂黏上去的Alpha才是最強的。

俗稱的「頂A」，人間妄想。

Beta對頂A的瘋狂，與其說示好，更像是貓咪露出肚皮一樣地示弱。

以表達好感的方式，向頂A示弱，避免遭受實力懸殊的滅頂之災。

據說頂A除了信息素制霸外，還有附加值。

或爆發力，或侵占力，或絕對的武力值，這些都是普通Alpha望塵莫及的。

每個人都想分化成Alpha，好像只要成為Alpha，從此人生就能一帆風順。

也不想想Alpha天性殘暴好鬥，占有欲又強，愛搞圈地圈人運動。

非限定Alpha——米洛

像蘇珞這樣，一眼看不出層級的Alpha，特別容易受到其他Alpha的重點關注，幹架幾乎不可避免。

所以，在遇到好像綿羊那樣溫柔、從不以強A身分欺人的秦越後，蘇珞才認識到世間還是有神跡的。

像班長這樣自帶暖陽的人，是很容易讓人一眼就喜歡上的。就像有些電影，看三十秒就能愛上。

但最近，蘇珞一想到班長就不自覺地想到那匹礙眼的竹馬。

挑染著銀灰的短髮，一條銀色小蟒盤纏在白皙的耳廓上，陽光照到時，感覺整個人都在發光。

可是這種光是冰冷的，像無機質的玻璃折射。

真不懂為什麼會有女生覺得班長和竹馬站一起很合適，還喊什麼「顏狗盛宴」。

那傢伙的眼神，蘇珞記得很清楚，那雙半遮在瀏海下方的淺色眼睛，從那些矮了一截的Beta頭頂掃過來時，挑釁似的火熱。

蘇珞當然狠瞪回去。

看什麼看，看你爺爺！

就像現在，蘇珞瞪著他們離去的方向，暗暗心想那小子不會也喜歡秦越吧？班長的人氣本來就高，Omega就算了，如今連Alpha也要加入競爭行列嗎？

「話說回來，竹馬應該也算家人的一種吧……我是不是太敏感？」

Alpha的天性，令他無法容忍自己想要狠狠咬一口的對象，被別人覬覦。

蘇珞開始搜索名詞「竹馬」。

『我不小心睡了竹馬，該怎麼辦？』

『竹馬小媳婦最可愛了。』

『我上了竹馬的床。』

「滾蛋，才不是！」蘇珞額頭迸出青筋，唠嘰一聲，手機螢幕竟給他捏裂了。

「啊，好可怕！」

蘇珞不自覺溢出的信息素，讓靠近想要搭訕的女孩驚叫起來，引來電影院保全的注意，一下子奔來五、六個穿制服、戴綠袖章的中年人，全是Beta，腰佩電棍。

「怎麼回事，這位同學，請你克制一下。」

在《Omega保護法》下，保全幾乎立刻認定是蘇珞在騷擾她們。畢竟青春期的Alpha最為躁動。

非限定Alpha——米洛

「欸？」蘇珞完全沒留意周圍的事。

「你的家長呢？」但保全已經在走流程了。「抑制劑帶著沒有？」

「啊不是……」圍觀的人越來越多，都在竊竊私語。

「學生證拿出來。」保全隊長硬著脖子，粗聲粗氣地嚷：「別想蒙混過去！像你這種仗著有幾分信息素就欺侮人家女孩子的Alpha，我可見多了。」

「……」蘇珞眨了下眼。「我不是，我沒有。」

Omega精神力本來就弱，這麼一鬧，那兩個女孩嚇得瑟瑟發抖，在那嚶嚶哭泣，更坐實蘇珞意圖不軌。

「長得挺帥，可惜了。」邊上有人下了結論，還有人開著直播，標題聳動：『超A小奶狗電影院騷擾Omega，當場被抓！』

這原本就是敏感話題，瞬間就爆了。

「廢話少說，跟我走。」保全隊長扯過腰間的塑膠手銬，直接就套在蘇珞手腕上，猛力一抽。「家長或老師，你給我叫一個來，不給你點教訓，遲早惹出大禍。」

Omega一旦被Alpha標記，就會終身結番；如果是因為發情期意外，導致女孩被錯誤地標記，那她簡直一輩子都毀了。

「我找老師。」蘇珞在被帶走前，對保全說道。

有那麼一瞬，蘇珞想打給秦越。

秦越一定會火速趕來，為自己伸張正義吧。

但這麼尷尬的事情，怎麼可能讓喜歡的人知道？

同理，也不能找老師，唯有自己解決。

就和以往一樣，遇到什麼問題，全都自己上。

腦中不自覺地浮現那一晚，抱著空酒瓶的父親，醉醺醺地跨上天台的圍欄，說要給他表演平衡木。

九歲的他，像個無尾熊似地掛在父親另一條腿上，滿頭大汗、死死抱著。

（……我想哪去了。）

蘇珞小狗似地晃了晃頭，不至於。

說到底，所謂的性騷擾不過是烏龍一場，解釋清楚就好。

只是在女孩們的家長到來之前，保全都不會問她倆的話。

因為根據《Omega保護法》，任何人向未滿十八歲的Omega問訊，都必須有監護人在場，否則取證無效。

非限定Alpha——米洛

所以現在被針對的，只有身為Alpha的他。

蘇珞雙手被縛地站在堆滿雜物的辦公桌邊，像個已落網的罪犯，模樣甚慘。

「你幾歲了？」保全隊長老蔡，年過五旬，用夾著菸的手，在一台老舊筆電上嗒嗒地戳點著。他每戳一下，就有菸灰跑進鍵盤裡。

「十七。」蘇珞答，忍住想幫他拿菸灰缸的衝動。

「幾歲分化的？」

「十二。」

「這麼早啊，你爸媽一定很辛苦。」老蔡瞅他一眼。

雖說分化期是十二到十七歲，但十二歲就分化的Alpha，心理最容易出問題。厭學事小，無法控制的暴力傾向才是大問題，少不得吃藥做檢查。

「嗯。」蘇珞看著老蔡填表。不誇張地說，那輸入都卡成PPT了。

「十二、二……這電腦是不是中毒了，怎麼打不上去？」老蔡湊近盯著泛黃的螢幕說道。

「拿張表格記記算了，開什麼電腦啊，那破機子老中毒。」盯著監控台的保全也在抽菸。不過六坪的監控室裡，雲山霧罩。

「經理說了要無紙化辦公，表單一律進電腦，否則扣獎金，」老蔡煩躁地吸菸。

「讓樓上修電腦的來一趟吧，肯定是中毒了。」

「又叫他啊？」另一名保全忍不住吐槽：「人家上回來就甩臉色，說他們是網路工程師，不修電腦。」

「不都一樣嗎？」

老蔡嘴上說著，卻瞄向直不楞登站在桌邊的蘇珞。

「小子，你會修電腦嗎？」

「會一點。」蘇珞飛快點頭，乖巧得很。

「那你看看。」老蔡把筆電往他面前一推。

蘇珞看向這台燙著菸疤、傷痕累累的筆電，彎腰對著鍵盤用力吹了吹：「呼！」菸灰飛起。

要說電腦出問題，百分之九十八出在使用不當，電腦病毒只負責背鍋。

「就拿個菸灰缸吧。」蘇珞被菸味嗆得鼻子發酸，一不小心本性外露。「鍵盤吃了那麼多灰，能回應輸入才奇怪。」

「胡說什麼！」大叔瞪著眼，但也心虛。「明明是它太舊了。」

「那就升級系統。這個角落，看到嗎？程式升級提醒。」手銬的關係，蘇珞不得不兩手一起動，但也點得飛快，都出現殘影了。「要點升級，還有不要把所有文件都堆桌面上，可以多整理幾個資料夾。」

嘖嘖、嘖嘖，蘇珞一目十行，把什麼廣告行銷、上班打卡、會議紀錄，全都分門別類整理好。

還把那個只填了個開頭的「嫌疑人基本訊息」表單給補完。我抓我自己可還行啊。填完之後，需要提交至內部網站，可是老蔡一拍腦袋說：「啊，對了，你能幫我看下我設的密碼是什麼嗎？」

「欸？」

「你不是挺會修電腦的嗎？」老蔡說，開始對蘇珞另眼相待。

也是，對於不懂電腦的人來說，如果你把機箱拆開，清灰後再裝回去，然後原本完蛋的電腦一鍵點亮，他們就會認為你是專業修電腦的。

哪怕你做的只是清理灰塵，外加把零件鎖緊而已。

「我們一直用密碼默認登錄。」老蔡坦言：「我那天想給新人密碼，但發現怎麼也想不起來。」

「可以用密碼找回。」蘇珞說。

「試過，密保什麼的忘了，找不回。」老蔡吸著菸說：「是不是以後只能默認登錄了?找那些修電腦的又煩人得很。」

「這樣啊。」

這菸還真的有點辣眼睛，蘇珞瞇起眼盯著密碼框內的「******」，共六位密碼。

「我只記得有字母有數字。」老蔡一臉高深莫測。

「你們不會想要硬猜出來吧？」有保全來看熱鬧。

「不會，其實……」蘇珞移動滑鼠，在密碼框按右鍵，點選「檢查」，立即出現占據半個螢幕的程式碼。

<Input type=「password」……>

「你做什麼呢？」看著那一串串不認得的玩意兒，老蔡緊張了。

「查你的密碼。」蘇珞說，把「password」修改為數字「1」。

只見密碼框內的星點瞬間變為「Ab1334」

「啊對！就是這個，是員工編號相加的，我想起來了。」老蔡開心得像個孩子，可見這台電腦帶給他不小的陰影。

「這就好。」蘇珞笑了。「大叔，您看，我都敢把自己的資料如實提交上去，這說明我問心無愧。而且我也不在易感期，那些女孩還噴著阻隔劑，我只是手機摔了，嚇到她們，這都是誤會。」

「對，他手機螢幕碎了。」另一個保全說：「電話都打不出去。」

所以蘇珞的家長和老師才沒被叫來。

「她們倒是沒有說你怎樣，可是流程總要走完的。」老蔡的態度明顯改善，看蘇珞的眼神還多了幾分讚賞。「這樣吧，老師聯繫不上就算了，這件事也調查清楚了，就到此為止吧。」

「謝謝大叔！還有這個……」蘇珞抬起仍捆著的雙手，示意他鬆綁。

「什麼叫結束了！是不是欠我家小孩一個道歉。」走廊上突然喧鬧起來。

「又怎麼了？」老蔡皺著眉頭問。

「哦，是女孩的家長來了，也知道是誤會，但家長就覺得該給她們道個歉。」進門來通報情況的保全說：「他說網上鬧很大，對女孩子影響不好。」

「什麼影片？」老蔡摸出他那台老人機。「哪裡看啊？」

「哪都有了。」那個保全說：「經理剛來電話說，最好錄個道歉影片什麼的。」

經理剛好出差，只能電話調解。

「還讓我們道歉？」老蔡不高興了。「我們只是履行職責而已。」

「是讓他道歉。」保全衝著蘇珞努嘴。「說要不是他，女兒也不會上熱搜。」

「我？」蘇珞望向走廊，兩位Omega的父母都到了，邊罵邊推搡保全，看樣子不是道歉就能完事，估計還要他賠償名譽損失之類的。

「小子，還不趕緊把你家長叫來。」老蔡見狀，打雞血似地激動起來。「最好七大姑八大姨全都叫上，我們有場硬仗要打。」

這個場面是蘇珞沒想到的。「我的話……」

——轟～

「什麼聲音？」老蔡驚了一下。「哪炸了？」

蘇珞愣了愣，這是跑車引擎聲。囂張到不可一世。

不能吧？他歪了歪頭。

保全室在電影院大樓的前面，對著大馬路。

剛還吵鬧著要賠錢的家長忽然就安靜下來。

有個清俊挺拔的身影走了進來。

非限定Alpha——米洛

兩條大長腿邁得不疾不徐，優雅而沉穩。

周身散發的信息素卻教人汗毛直豎。

這毫不掩飾的侵略感，像吐著紅信的毒蛇，從每個人的肩上攀纏至咽喉……

呼吸不覺凝滯，唯有牙齒在上下打顫。

毫無疑問的頂級Alpha，再遲鈍的Beta都了然於胸。

沒人敢與他對視，全都站在那當「木頭人」。

唯有蘇珞沒被這人的信息素影響。或者說，這名不速之客並未對他釋放敵意。

「昊一……」

還真的是他。

蘇珞有點不敢相信。昊一怎麼來了？難道說班長也……

他望向昊一的身後，但什麼也沒有。

怎麼回事，昊一一個人來的？

那雙淺色的冰眸淡淡地掃過來，落在蘇珞臉上，像羽毛般輕盈。

說不出什麼感受，就覺得臉上有點癢，心跳不禁加速。

那張臉確實不是一般的好看。

「我來接個朋友。」他說，聲音不大，但相信在場每個人都聽見了。

什麼？

蘇珞想，這裡還有你朋友？

一出場就狂炸信息素，這麼騷包地登場，不怕把你朋友嚇死啊？

他左右一看，在場除了他，就沒有不被驚到臉孔變色的。

這簡單粗暴的信息素制霸，也只有昊一這種目中無人的Alpha才會……

等等。

蘇珞突然頭皮發麻——他口中的朋友，難道是我？

※

蘇珞一直覺得，當Alpha強到一定程度，就像一個「sudo指令」。

它有多可怕呢？

sudo rm -rf /*

這指令一旦執行，就會刪掉電腦內所有東西。

注意，是所有東西，還救不回來。

又比如，它能提升使用者的許可權，像昊一這樣徑直走入，卻無人攔他，彷彿理當如此。

真……令人不爽啊。

蘇珞抬頭。這是他第一次，這麼近距離地接觸一個頂Ａ。

距離大概不到三步吧，可不能抖。

不是說，頂Ａ之間的戰鬥總是一觸即發，快得讓人閃躲不及。

所以敵不動我不動，大家不都靜觀其……

臥槽！不是吧？

老蔡居然溜了。他從座位的另一邊走出去，和其他保全站一起抱團，連菸都掐滅了。這是生怕頂Ａ注意到自己，假裝不在線上？

至於嗎？昊一再厲害，也就十九歲，還是個少年啊。

不過，他已經是政治大學的研究生，專攻念到頭掉的「ＡＯ法學」。

不，自己為什麼要在這種時候想起這種事？簡直離譜！

蘇珞後知後覺，秦越可真沒少向自己灌輸昊一的事。

昊一腦袋聰明、信息素強、人帥氣……除了「面癱」就沒缺點了吧。

出其不意的，昊一又往前邁一步，兩人間的距離驟然縮短。

「——唔！」

剛還吐槽老蔡沒用的蘇珞，心裡咯噔一驚，往後猛退。

哐！

後背撞到了一個鐵皮文件櫃。本就塞得要爆炸，這一頂，資料夾雪崩式地往下掉。

蘇珞還沒來得及做出反應，就有一股力道拽著他的胳膊往前一帶。

身體不由得前傾，同時有一隻手向後包抄，蓋住他的後腦勺往下一壓。

他就這麼一頭栽進某人的懷裡，聽著四周劈里啪啦的躁響。

這什麼？

好香……！

他從沒有像這樣近距離地貼著別人的頸項，嗅探信息素的味道。

香味縈繞，身體變得遲鈍，好像不知道該做什麼反應一樣呆站著。

腦袋卻異常清醒地想著一些事。

比如，他們從小學三年級開始學習「ＡＯ信息素」這門課，讓大家認識到五花八門的

非限定Alpha——米洛

信息素氣味。

說到底，Alpha和Omega都是生物自然演化的結果，所以和動物界一樣，存在著食物鏈。

既然信息素分泌自後頸處的性腺——它藏在皮膚下，和甲狀腺差不多大——那麼和「性占有」相關的味道，就是位於食物鏈頂端的信息素。

「麝之香」。

不管哪一本書上，都會把它列為第一。

但純正的麝香味信息素，現實中幾乎是碰不到，那就和中大樂透一樣。

大多數是「類麝香」的氣味，而且連這種都很稀少。

正因為「麝之香」的特殊和受歡迎，阻隔劑的廠商經常會推出人工合成的麝香味香水，並深受Alpha的歡迎。

當然，那也很昂貴。

所以，只要經常路過精品百貨，就不會對這種味道感到陌生。

可是有什麼地方不對勁。

現在聞到的麝香味沒有那種竄鼻的刺激。蘇珞的鼻子敏感，他每次路過賣阻隔劑的專櫃都要屏息，不然保准打噴嚏。

這道麝香味醇厚豐富，穿透力也很強。

它不需要你刻意感應，就將你全部的感官牢牢捕獲。

心撲通撲通地跳著。

思維開始變慢，反倒是身體一點一點地燥熱起來。

而這豐厚的香味經由鼻腔緩緩下沉後，好似陌生的舌，深深纏上他的舌頭……

「——唔！」

蘇珞一下子漲紅了臉，連耳廓都變得滾燙。

意識一旦從那令人沉醉的麝香裡抽出，就更是羞到渾身發抖。

他無法相信自己竟然會對昊一的信息素產生情熱，而且還是在大庭廣眾之下！

簡直像中蠱似的。

他越是想淡定就越淡定不了，身體更控制不住地陣陣打顫。

整個人陷入一種莫名的焦灼，變得難受起來。

蓋在後腦勺的手忽然上下撫摸起來，指尖按壓在蓬軟的髮間，輕輕揉著，像在安撫一隻應激的貓咪，耐心而溫柔。

非限定Alpha——米洛

呼！蘇珞鬆開下意識咬緊的牙關，喘出一口大氣。

「對不起。」昊一鬆開他，卻沒有往後退開，只是注視著他道：「我來晚了。」

蘇珞的心還在撲通狂跳，但情熱壓下去了。

他看到昊一的手背上，被資料夾劃破一道口子，血珠正往外滲，但他完全不在意地放下手，並轉頭看向老蔡。

「我聯繫過你們經理。」昊一說：「我可以把人帶走了嗎？」

雖然是問話，但顯然沒有商量的餘地。

「可以，當然可以！」老蔡搖了搖手裡的老年機。「剛才經理交代了，您可以帶走他。」

「這怎麼可以！」邊上的家長忍不住出聲：「《Omega保護法》可是說了，我們有權力追究Alpha……」

「那我們就走法律途徑解決，怎樣？」昊一看著那位像是企業高層的父親。「如果汙衊一個十七歲的高中生，也能贏的話。」

「……」他們瞬間沒聲。

Omega是有權向他認為的「色狼」索賠，或賠禮道歉，或支付賠償金。

前提是有確鑿證據，比如Alpha在易感期，但沒有用阻隔劑、抑制劑。

這對因為意外而突然進入易感期的Alpha很不友好，畢竟Omega是最能引起Alpha情熱的。

但法律從以往對Omega的極其嚴苛，比如限制出門，到現在改為對Alpha的嚴加把控，並把是否受信息素騷擾的判定交由Omega一方。

所以，Alpha在外必須全副武裝，使用發情抑制劑、信息素氣味阻隔劑，確保自己不會引起Omega發情。

因為一旦被打成「色狼」，Alpha不但要上法庭，還會被送進指定醫院，進行信息素調整。

一些Alpha為避免官司會選擇和Omega私了，這逐漸成為一種撈錢的法子。

蘇珞也知道自己被訛上了，所以他之前想對老蔡說，自己不會對影片的事道歉。

在這件事上，他也是受害者。

但他沒想到昊一會為他駁斥家長。

感覺昊一根本不會搭理才對。他是那種「閑雜人等一律遮罩」的人設，除非秦越找他說話才會搭腔。

非限定Alpha —— 米洛

哦不對，從他進來開始，人設就一直在走歪。
是和秦越打賭打輸了？
秦越說過，他們總是打賭玩。
駁斥完家長的昊一轉過臉來，那種冷然的神情不復存在，堪稱變臉達人。
他是原本就這樣，還是從今天開始的？
蘇珞突然有點適應不了，那樣高冷的昊一變得「nice」起來。
就好像面對一段半年前寫的程式，不但完全不認得，還不明白自己為什麼要寫這個，而頂上了一頭的問號。
昊一倒是一臉淡定，看著蘇珞的手腕。
「啊。」蘇珞都忘了自己還被手銬捆著。
「給你剪刀。」這會兒老蔡倒是很積極。
「別動。」昊一說著伸手過來，拉著那塑膠手銬一扯，啪一下，應聲而斷。
老蔡拿著壓力剪的手愣在半空，那表情跟見鬼一樣。
這是專為Alpha特製的約束性警械，得用配套的壓力剪才能剪斷。
蘇珞也是一樣，看著斷成兩截的束帶，當下決定，以後還是不要和昊一起正面衝突吧。

友誼萬歲。就算是情敵，也沒必要互毆啊。

「走吧。」昊一看著蘇珞說。

「……」蘇珞垂手站在那。突然間不想走了是怎麼回事？

「你快走吧，都這個點了。」老蔡積極得像在送瘟神。「我們也該吃午飯了。」

大好的週六，一上午都耗這裡。

蘇珞看了眼昊一，俯身在辦公桌上留了張字條。

昊一也俯身，把斷了的束帶撿起來，塞進休閒褲口袋。

蘇珞沒看見，不過老蔡看見了，彷彿見著一變態。他撿那玩意兒幹什麼呢？不嫌晦氣嗎？

昊一等蘇珞留完紙條，這才一起離開。

他們前腳走，保全室就鬧翻了。

「那網上的影片怎麼辦？你們要負責！」那位父親滿腹怨氣地說。

「經理說，已經撤掉了。」老蔡說，一副老僧入定的模樣。

「胡說！鋪天蓋地的，怎麼撤得掉？」家長們紛紛拿出手機，沒想到許多影片連結已失效。

這才多久呀，五、六分鐘？

唯一相關的新聞連結，是不少社交帳號都受到不得轉發未成年Alpha虛假不實資訊的警示。

而一開始發影片的人，經營的幾個帳號全被炸了。

他用來喊冤的帳號也火速被封，真社會性死亡，從此查無此人。

「全都封了？」家長都驚了。「這也太狠了吧。」

「你剛才罵那主播不是更狠。」邊上的保全翻著白眼說，心想他剛才挨了家長多少唾沫星子。

「總之，沒事了就好，你們也別再招惹他們。」老蔡說。

「為什麼呀。他有錢了不起？」那位父親想要找回面子一樣。「我也很有錢。」

「有錢是沒什麼，但是他爸——就你說的那個《Omega保護法》，是他寫的。」老蔡說，「你去和人家打官司？」

「什麼！剛才那人竟然是昊法官的兒子嗎？」這下，滿座皆驚。

那可是赫赫有名的國際大法官。

他雷厲風行，是AO平權史上第一個敢大刀闊斧修改法條的法官，在各界的威望都很高。

他最有名的一句宣言「我即律法」。

因此，被稱作法界的路易十四。

老蔡看他們的臉色，知道鬧不起來了，可不知怎地，他開始擔心起那小子。

怎麼看他倆都不在一個層級上，怎麼會是朋友？

那頂A不會是有所企圖吧？傻小子這麼會玩電腦，別被人陰了啊。

老蔡拿起桌上的便箋，上面寫著：

『大叔，電腦有問題就打我電話……』

多好的孩子啊。

「好孩子」蘇珞一出門，就想和昊一撇清關係。

因為昊一氣場太強大，來來往往的人都在看他。

「那就……謝謝你了。」蘇珞說，撓了撓餘熱未消的臉。

「上車吧。」沒想昊一替他打開車門。「你不餓嗎？」

蘇珞想說一點也不，肚子卻很應景地「咕嚕」一聲。

Alpha的五感都敏銳，他看到昊一的視線往他的肚子瞄了下，臉更熱了。

「走吧，帶我去吃飯。」昊一說，等著他上車。

不，餓的是他，他為什麼要帶昊一去吃飯？

而且，蘇珞有點受不了被圍觀。昊一人也好，車也好，都太炫目了。跟昊一站在一起的自己，也免不了被上下打量。

「我還有事。」蘇珞拒絕得乾脆。「餓一頓死不了，你自己去吃飯吧。」

昊一沒再說話，只是眨了下眼，那睫毛真像蛾翅又長又密。

蘇珞不自覺盯著看，然後道：「再見。」

他轉身往馬路對面走。這是正確的決定，還是不要和昊一走得太近了。

「我們不是一個世界的人。」

蘇珞小聲嘀咕。沒有任何關係，就是他和昊一最好的關係。

走到馬路對面後，他又忍不住想，怎麼沒有引擎聲？

該響的時候不響，不該響的時候就各種炸耳朵。

真是要命。

蘇珞捏了下拳頭，還是沒忍住回過頭。

昊一還在那站著，靠在敞開的車門邊。週末的關係，來來往往人潮中有不少情侶。

他們不再只是盯昊一，還開始指指點點，像對著籠子裡的猛獸。

「那個Alpha在幹嘛？」

「不會被放鴿子了吧？這樣子站電影院門口……」

「這麼帥都有人甩，沒天理啊。」

「好想勾搭一下……」

「你不怕被他打？Alpha都很暴躁。」

「對啊，不是說越會打架的Alpha越有錢？你看那輛跑車……」

嘰嘰喳喳，議論四起。

蘇珞第一次覺得身為Alpha，聽力太好不是好事。

不過昊一應該習慣了吧，在校門口還有很多人拍他呢。

要不是沒人敢上傳網路，他早就是頂級網紅了。

……他怎麼還不走，被人當閒聊的話題，不覺得難受嗎？

哎，管他的，他都不嫌丟人，自己介意什麼。

蘇珞轉回頭，卻在邁腿時頓了頓，等再邁開腿，他已經轉身往回走。

腳下邁著大步，心裡納悶得很。

為什麼會品出一種，昊一他弱小可憐又無助的味道呢？

像路邊被遺棄的小狗。牠不知道主人不要牠了，還在那搖尾巴。

唔，良心更痛了。

但怎麼可能？

昊一就算是弱小可憐又無助，也還是騷里騷氣的，路過的Omega都快走不動路了。

大概怕自己後悔，蘇珞一鼓作氣走到昊一跟前看著他。

昊一也抬眼看著他，那表情沒有想像中的委屈巴巴，還是一如往常的冰山。

蘇珞多少鬆了口氣，問他：「我吃什麼，你就吃什麼，行嗎？」

米其林料理什麼的，就算自己賣了都不夠付。

昊一的唇峰是個M，唇珠飽滿，即便是微微一笑，唇角的冷淡都會瞬間散去，透出幾許俏皮和挑逗的意味。

「好。」昊一點頭。「聽你的。」

蘇珞知道昊一並沒有在撩自己，可心跳就是會加快，耳朵也就跟著變熱。

蘇珞想，原來旲一會笑啊？繼而想到，班長一直面對這麼一個撩人而不自知的竹馬，整個人都涼了半截。

自己還有勝算嗎？蘇珞有點沮喪。

他坐進車裡，像坐上賊船，朔風凜冽，毫無生機可言。

※

T市海濱區

一輛深寶藍色、格調典雅的賓士車徐徐駛入豪華別墅的鑄鐵大門。

前座的司機約五十多歲，一身專屬制服，戴著白手套，一絲不苟地目視前方。

後座的乘客是一位氣質高雅、年紀大概三十出頭的女性Omega。

Omega大多是美女，她也不例外，甚至風采更為出眾。

就像大溪地的珍珠，無論何時，都散發著令人豔羨的色澤。

秦越即便只是看到她的側臉，都被深深吸引，恍了好一會兒的神。

「這樣的大美女，怎麼會做小三……」秦越簡直無法相信。「啊！拍照！」

非限定Alpha——米洛

秦越沒忘記昊一交代的任務。

說實話，他不知道這又是哪樁案子，需要昊一拍照取證。

身為法學院的學神，昊一一直有在做一些公益性質的法律援助，偶爾，是說偶爾也會做點私家偵探才做的事。

起初，昊一約他一起去調查，他還覺得刺激啊，福爾摩斯！

現在，他窩在飄香的垃圾桶後，悔到腸子青。

還不如和蘇珞去看電影。

啊，這不行，和蘇珞看電影，某人可要酸死了。

「之前還說什麼，這個女人很難拍到，查了三個月才挖到她會在這裡出現。」秦越一邊調整拍照角度一邊碎碎念，以緩解心中的緊張感。「結果呢，人還沒出現，他先跑不見了。」

秦越低頭檢視一下照片，又舉起手機拍攝，位置遠著呢，對方看不到。

女人對大門旁的保鏢交代事情，保鏢彎腰貼近車窗，恭敬極了。

秦越注意到，保鏢是配槍的，他們鞠躬的時候，他看到了裡面的槍套。

這讓他更緊張了幾分。

不管怎麼說，他也是一個有著萬貫家財要繼承的財團大少爺啊。

「昊一啊昊一，你這個坑貨。」

秦越盡可能安靜地舉著手機，手心卻在瘋狂冒汗。

「話說回來，他怎麼就喜歡上了蘇珞呢。都是Alpha，不是嗎？」

或許是緊張過頭，秦越開始想些有的沒的。

就——很不真實的感覺。

明明有那麼多Omega喜歡昊一，其中不乏比眼前這女人還漂亮的，換誰誰不心動啊。

就在上個月，昊一拒絕了一個長得超級甜美的學妹。雖然已司空見慣，他還是忍不住問了句：『我說，昊哥，要怎樣的美人，您才看得上眼啊？』秦越都覺得可惜死了。

『蘇珞就可以。』

『等一下。』秦越覺得自己出現幻聽了。『你剛說什麼？』

『我喜歡蘇珞。』這次，昊一說得清清楚楚、明明白白。『你的新同桌。』

秦越卻覺得耳鳴聲更大了，震得整個腦袋都嗡嗡響。

說實話，他能接受兩個Omega卿卿我我，但無法想像兩個大猛A在一起的畫面。

誰攻誰受呢？都是超過一百八十公分的大高個。

非限定Alpha——米洛

說起來，昊一應該是攻吧？

家裡有一個靠賣他和昊一的ＣＰ本賺零用錢的妹妹，秦越對這些專業術語還是很瞭解的。

攻的人設不就是腹黑美人、超級學霸、大雞雞，Ａ值爆表。

昊一不但符合人設，還完全超出預期，因為他有著超性感的公狗腰。

蘇珞的話，一雙水汪汪、清澈乾淨的狗狗眼，皮膚也白，屁股……又結實又翹，這樣看就是做受的命啊。

他倆搭在一起還是很養眼的，不比兩個O差，甚至有種信息素炸裂的致命誘惑。

不管怎樣，都比昊一×自己的同人本順眼多了。

不不不，不能被帶偏。這就不科學！

因為Alpha只有萬分之一的可能性對另一個Alpha的信息素來電。

而就算這萬分之一，也有可能是易感期造成的病態錯覺，這在醫學上叫「信息素認知障礙」，是要吃藥治療的。

畫本子寫小說沒關係，要是來真的可就麻煩了。

「昊一要怎麼過他爸那關？這腿不得打斷了。」秦越放下手機，撓了撓發麻的頭皮。

四十四歲的昊翰林大法官可是下任司法部長的熱門人選，從政之心十分堅定。所以秦越無論是尋常遇見他還是在新聞上看到他，都是一副嚴以律己、不怒自威的模樣。他可不會允許兒子和同性戀愛。

儘管同性婚姻已經合法，但大多數的同性婚姻都是兩名Beta。

「八字沒一撇的事，我操哪門子心！」不說別的，昊一若是真的敢告白，蘇珞怕是要將他打殘。

這不是說蘇珞很暴力，而是正常的Alpha聽到另一位Alpha的告白，第一反應都是：「你是不是想找碴！」絕不會沾沾自喜、引以為傲。

最有力的證據大概就是，不管他怎麼在蘇珞面前刷昊一的好感度，蘇珞都是一副「不關我事」的樣子，甚至還有點厭煩。

那雙落地窗一樣的大眼睛，根本藏不住心緒，呆呆的、萌萌的。

在知道昊一喜歡蘇珞之前，秦越可喜歡逗蘇珞玩，現在就收斂很多。

說真的，像蘇珞這樣有趣的Alpha很少見，因為大多數Alpha仗著基因優勢都很自負。還不愛與Beta來往，一個個跟世外高人似的，喜歡玩自閉。

可蘇珞不一樣，他開朗外向，憑著一股近乎孤勇的少年氣與Beta同學打成一片，明明是個轉學生，卻比他這個班長更受歡迎。

他都不知道沒收掉多少份女生偷偷寫給蘇珞的情書了。

沒辦法啊，既然自己幹不過昊一，還是老實助攻吧。

「可怎麼想，他們兩個都沒戲啊。」秦越不停敲著蹲麻的腿。「蘇珞太直了，我彎了他都沒彎呢。」

哐！

前方，別墅厚重嚴實的對開式鑄鐵大門闔上了。

任務完成。

秦越翻開手機相冊。他連續拍了大概有四十幾張照片，還有一分十秒的影片，這應該足夠了吧。

吱！

鑄鐵大門突然又被推開一道縫，從裡面鑽出幾個寸頭大漢，個個都跟黑道電影裡的一模一樣。

都是Alpha，那信息素一聞就不是省油的燈。

「在那！」其中一人伸長胳膊，無比精準地指向垃圾桶。「別讓他跑了！」

秦越驚呆。怎麼就被發現了？

猛一抬頭，便看見電線杆上明晃晃掛著的監視器。

「我操……」所以說，就該和昊一一起來的。

他從沒做過盯梢的事，是個品學兼優、受眾人信賴的優等生，財團未來的東家。

秦越拔腿就跑。

慶幸的是，他是頂A，爆發力和耐力都不是一般Alpha可比。

在瘋狂奔跑的同時，秦越只擔心一件事，那就是他被抓之後，昊一該有麻煩了。

秦越撥通昊一的電話，大喊：「昊一，我——」

嘟……電話竟被掛斷。

「隨你的便吧！氣死我啦！」

秦越氣得額角冒出青筋。前方就是車站，他頭也不回地衝下樓梯，在保鏢們追上他前，一個箭步躍進車廂，僥倖逃脫。

※

非限定Alpha —— 米洛

人氣網紅麻辣火鍋店，週末更是人氣爆棚。

蘇珞有預約，所以免去漫長的候位。

不過，當服務員端來熱氣騰騰的紅油湯底，蘇珞已被鄰桌滿桌的辣菜嗆得狂打噴嚏。昊一便和他換座，讓他坐去空調邊，比較通風。

這時，昊一放在桌上的手機響了，蘇珞順手拿起，遞過去。

他的手指剛好劃過接聽鍵：「昊一——」

不是外放，聽不太清。

蘇珞以為昊一會立刻接過手機，可結果昊一抬手是替他倒一杯冰檸茶。

手機就這麼直不楞登地掉進湯裡，濺起一圈飄香的油漬。

「——！」

蘇珞立刻伸手去撿，但昊一的動作更快，迅速捉住他的手腕。

「你幹什麼，不怕燙？」

「可是！」蘇珞的臉漲得通紅。

「手機而已。」昊一用筷子夾出來，放在紙巾上，並讓服務生換一鍋湯底。

昊一看了眼手機，是秦越打來的。

他按下回撥，撥不出去。

但秦越很快又發來一條消息：『老子再也不幹了！』

看來事情已經辦妥。

昊一關掉手機、拔出ＳＩＭ卡，擦乾淨後放入口袋。

「你可真行。」蘇珞看著昊一不慌不忙地處理，不由說。

「嗯？」

「一般人手機掉火鍋或者廁所，第一時間就會拿在手裡猛甩，想把裡面的水或者油倒出來。」蘇珞說：「但那樣做只會讓水和油在手機內流得到處都是，還有人一邊擦一邊反覆開關機，看它是不是還能用，結果把晶片燒掉。」蘇珞笑了一下。「你檢查後立刻關機搶救ＳＩＭ卡，和我在書上看到的一樣。」

「你很喜歡看和手機有關的書？」昊一問。

「差不多吧，數位產品、程式類的，都喜歡。」蘇珞回答，隨後注意力就被隔壁桌吸引了。

就算大家都在熱火朝天地幹飯，也還是有不少人明目張膽地看昊一。

非限定Alpha —— 米洛

剛才昊一的手機掉進火鍋，隔壁桌的女孩都跳起來了，又被她邊上的女生給按坐回去。這動靜著實太大。

蘇珞覺得這樣不太好，她們要是再偷拍昊一，他就要去溝通一下。

可以理解她們想認識昊一的心情。大帥哥嘛，誰不喜歡呢？但前提是，不要過於冒犯他人。

蘇珞正想說話，昊一先站起來說：「我出去一下，你可以先吃。」

「啊？好。」蘇珞沒問他去哪，他們沒熟到那分上。

昊一離開後，女生們果然就不再看這裡，而是交頭接耳地說著話。

蘇珞嘆口氣。雖說長相是爸媽給的，但昊一不僅是長得好，氣質也很出眾。

在不知道昊一就是秦越的竹馬，還是關係特別親密的那種之前，他也驚嘆過昊一的高顏值，還有他的大長腿。

昊一彷彿和周圍的人不屬於同一物種，帥得令人詫異。

儘管他挑染著看起來不太好惹的銀灰髮色，但這反而襯出一種高冷且痞帥的味道，更出眾了。

完全是可遇不可求的頂A。

「哎，我想什麼呢？」

蘇珞晃了一下腦袋，現在不是想昊一有多受女孩子歡迎的時候。

他低頭看著手機，秦越一直沒回他的消息。

在來火鍋店的路上，他沒和昊一說話，因為忙著給秦越傳訊息，問是不是他讓昊一來搭救自己的，但秦越都是「已讀不回」。

在這之前，秦越都是秒回自己的訊息，哪怕是非常無聊的表情符號，秦越也會很配合地回覆一個「哈哈」。

他不會遇著什麼事了吧？

蘇珞有些擔心，把秦越的社交動態刷了個遍，卻看不出什麼端倪。

「打擾一下。」店面小，桌子擺得滿，隔壁桌女生從板凳上轉個身就能搭話。她笑著問蘇珞：「你們是一起的嗎？」

「算吧。」蘇珞回她道。

他心想，終於來了。在平時，都是秦越充當這經紀人的角色，去回答那些要昊一手機號碼的女生。

「還真的是啊！」女孩的臉龐瞬間漲得通紅，興奮得像是吞了一碗辣椒，拚命拍著身邊朋友的大腿，疼得她朋友齜牙咧嘴：「妳輕點！我的腿！」

別的女孩也兩眼放光地盯著他，手機鏡頭瞄準他。

「欸？」蘇珞沒見過這種場面，不禁往後靠。「妳們幹什麼？」

「你們都好帥啊，真配！」最先搭話的女孩不再掩飾，直截了當說：「就和本子裡畫的一樣，真的好帶感，兩個A在一起。」

「蒼天啊！終於讓我看見倆活的了！」

「顏值還這麼高！跟作夢似的。」

「啊？不是的。」蘇珞這才反應過來，連忙澄清：「我們不是一對。」

「別騙我們了，你把他手機丟火鍋裡，他都沒生氣。」女孩完全不信。「換作我男友，得跳起來罵我手殘。」

「就是，別不好意思。」另一女孩嬌羞地說：「我們都懂。」

「我不是，我沒懂。」蘇珞飛紅了臉，心嘆今天是怎麼了，出門沒看黃曆？想約的人沒來，還被Omega當色狼。現在好了，和情敵一起吃飯，竟然被一桌Beta誤會他們是戀人。

「我有喜歡的人了，真的。」蘇珞見她們興奮得有點上頭，只得道：「但不是他。」

沒想到，女孩們反應更激烈了，又搖頭又擺手的，跟看演唱會一樣，還不停衝他擠眉弄眼，像在玩你畫我猜。

「我和他真的一點也不熟。」蘇珞再次道：「我喜歡的人，是我的班長。」

女孩見狀，只能嘆氣：「看你後面。」

蘇珞一扭頭，就見到老大一個昊一站在他身後，手裡還拎著一只白色紙袋，袋外寫著某某藥局。

不至於吧？蘇珞想，昊一是打算給手機來個燙傷包紮還是怎麼的，竟還去了趟藥局。

而蘇珞已經想好等吃完飯，就把手機拿去修理，修不好就賠給他。

不過，現在重點不在於此，而是昊一他聽見了吧？

肯定是聽見了。

蘇珞突然緊張起來。

不誇張地說，秦越可是昊一的「迷弟」。也就是只要昊一隨便一句話，秦越就會把他踢出好友列表。

而他剛才那句：「我喜歡的人，是我的班長。」聽起來多麼像是胡扯。

蘇珞急了，舔了下唇，眼巴巴望著昊一那泛著光澤的冰眸，著急地解釋：「我是真的喜歡秦越，騙你我是狗！」

※

「蘇珞他真像隻可愛的小狗狗啊。」

秦越翻著蘇珞發來的訊息，字裡行間透著關心。

還有一句：『班長你說得不錯，昊一他看著高冷，但人不壞。』

看到蘇珞給昊一發的「好人卡」，秦越真有些哭笑不得。

他雖然想回覆，但又怕某個醋精發病，畢竟他能不能考上法學院，全看昊一肯不肯出借學神筆記。

昊一的心腸當然不壞，但是呢，他也是真的高冷。而且智商高、情商高，自律得像個機器人，又專一執著。

是個相當不好惹的傢伙。

所以啊，蘇珞小狗狗，你的「好人卡」還是留著給自己用吧。

「話說回來，蘇珞有過易感期嗎？平常也沒見他使用阻隔劑。會因為感覺很難熬，哭唧唧嗎……哎呀呀！」秦越全身湧起一層雞皮疙瘩。「這麼一想竟然有點小興奮，我這什麼惡趣味。」

不得不說，蘇珞明明很強，卻有種讓人想「欺負」一下的衝動，所以自己總愛逗他。

校霸也是，一早盯上蘇珞可不只是為了爭個武力值第一，更多的是在騷擾。

當然，全被昊一背地裡解決了。

只不過蘇珞一直以為是他幫的忙，才會對他這樣信任。

「我這助攻，做得挺賣力的呀。」

秦越笑著，把手機關了。

※

「……」

非限定Alpha——米洛

蘇珞下意識屏住呼吸，因為他完全猜不到昊一會說什麼。

他就這麼從頭繃直到腳地站著，盯著昊一那雙淺色的眼。

那雙漂亮的眸子，像蘊藏全宇宙最深的奧祕，怎麼都看不透。

——他會不會痛罵我一頓，然後逼我遠離秦越？

這似乎是最大的可能，昊一應該不屑和他動手。

「把手給我。」昊一忽然說，並伸出右手。

大概處於精神高度緊繃的狀態，蘇珞頂著一臉問號，忙不迭地伸出手。

靠，自己也太慫了！

下一刻，他的手被昊一高舉過頭，蘇珞不禁盯著兩人牽在一起的手，還沒反應過來怎麼回事，身體就在昊一的帶領下轉過半圈，然後原地落座。

剛才是和昊一跳舞了？雖然只有一下……

「你幹什麼呢？」

蘇珞簡直無語，身體也莫名燥熱，他扭頭看向順勢坐到自己身邊的昊一。

一張板凳，兩個Alpha，也不嫌擠。

「你看起來快要憋暈過去了。」昊一微微一笑。「現在呢，好點沒有？」

蘇珞大大吸了一口氣，不服氣道：「我哪有要憋暈過去？」

「有的有的，你剛才臉色好白！」隔壁桌大概是氣氛組的，連敲邊鼓。

「對啊，你好像緊張到忘記呼吸了。」

「多虧這帥哥救你一命。」

「憋暈才好，可以做人工呼吸。」

臥槽，隔壁桌還是人嗎？

蘇珞這才想起來，她們一直盯著他倆看呢。

不僅是看，還拍照，甚至激動到拍桌、掐大腿，簡直有那社交牛逼症。

蘇珞感覺就要羞死了，臉孔比桌上的紅油湯底還燙。

「你沒聽到她們都誤會了嗎？」蘇珞的手還在昊一手裡，他想抽出來，但昊一不鬆開。「快點撒手。」

「別急，一會兒就好。」昊一說著，把藥袋放在桌上，裡面有消炎軟膏、無菌棉棒和ＯＫ繃。

「你幹什麼？」蘇珞現在的心跳不是撲通撲通，而是「哐！哐！」地在砸牆了。

他可沒想和除秦越以外的Alpha那麼親近。

如果那些女孩起鬨的對象是他和秦越該有多好……嗯？

蘇珞突然意識到，昊一對於他剛才說喜歡秦越的事，完全沒有表態。

「難道說……」蘇珞心想：「他是為了不讓我尷尬，強行耳聾了？」

這是情商高？還是單純被他突然出櫃給嚇到？

看著昊一單手擰開消炎藥膏的蓋子，不慌不忙的樣子，蘇珞開始認為昊一是情商高，要不然肯定會追問，哪裡還會帶著他轉圈解場。

不管怎樣，蘇珞這會兒是真的大鬆一口氣。

他冷不丁地想抽回手，但沒想昊一挺警覺的，一下就握緊了。

「你別動。」昊一抬眸，看向蘇珞說：「既然一直在撓，早點上藥不好嗎？」

「不好。」蘇珞不自覺地回瞪，但又很快軟化下來，因為這傢伙果真和秦越說的一樣，是個很好的人。

對好人，蘇珞就是「硬」不起來。

「真不需要塗藥。」蘇珞看著昊一，又看了眼自己的手腕。「這沒什麼。」

之前塑膠手銬勒得太緊，手腕被磨得刺癢，他沒忍住一直在撓。現在撓破了皮，滲著一點血，徹底腫起來。

雖然看上去有點嚇人，但蘇珞覺得又不是頭破血流，不至於擦藥。

「洗手會弄濕，容易發炎。」昊一像是看穿他的心思，耐心地解釋：「擦藥不僅能消毒止癢，還好得快。你可能對手銬的材質有些過敏。」

「但我還是覺得……」蘇珞依然想抽回手。

「你不會是怕疼吧？」昊一壓在手背上的拇指，輕撚了一下。

「唔！」蘇珞臉一下子紅到脖子。

「怎麼會呢？看你和校霸打架的時候，一點都不慫。」

「你懂什麼。」蘇珞瞪他一眼。「他打我，我打他，疼是相互的，可是消炎藥這種東西，只有我在疼啊。」

蘇珞不想說，剛分化的時候他才十二歲，遇見的都是十五、六歲的Alpha，打架自然是輸慘了。

他又不想被父親知道，便自己躲著處理傷口，然後不知道搗鼓了什麼神仙藥水，把自己給疼暈過去。

從那以後，但凡看見消毒藥水之類的東西，他都打從心底排斥，情願仰賴Alpha超強的自我癒合能力，也不要上藥。

好在十四歲以後，他學會了打架，沒怎麼受重傷了。

昊一輕捏了捏蘇珞的手指，蘇珞不禁看向他。

「你疼的話，就抓我的手。」昊一看著他，語氣溫柔。「那樣的話，我也會疼，不就是相互的嗎？」

「……」蘇珞想反駁，但竟然找不到反駁的點。

昊一取出棉棒，沾取一些軟膏，就這麼一點一點把雪白的軟膏塗在蘇珞的手腕上。

「嘶！」蘇珞皺眉。

不是疼，是涼。

他條件反射地蜷起手指，撓了下昊一的手心。

昊一抬眸，兩人不覺對視。

蘇珞尷尬得很，不知該擺出什麼表情。昊一倏忽一笑，又低下頭耐心地上藥。

不得不說，頂A笑起來可真誘人。

蘇珞知道Alpha之間有層級區分，但在昊一面前，他是真正感受到了這種參差，方方面面的差距都很現實地擺在那。

倒也不是他慕強，只是覺得如果是昊一的話，好像不管多不合理都能解釋得通。就是這麼不講道理的感覺。

冰涼的軟膏大大緩解了傷口的刺癢，沒想到厲害的人連上藥都厲害。

蘇珞想著，輕咳一聲後，對昊一道：「看不出你挺會的。」

「我有個弟弟，六歲，他喜歡玩醫生遊戲。」昊一說：「我就是那個演護士的。」

「噗！」

蘇珞笑了。他沒法想像冷著臉的昊一，被玩具聽筒、針筒包圍的樣子，還是護士。

「學霸不都是很忙的嗎？」蘇珞問：「你怎麼這麼閒？」

「看陪誰。」昊一說，抬眸看著蘇珞。

蘇珞想，知道你早上陪秦越去忙私事，不用這麼顯擺吧。

「我也可以陪你玩。」昊一又說。

「醫生遊戲嗎？」蘇珞有意笑他。「不了吧，我都十七了。」

「媽呀，他們好甜！」隔壁的氣氛組已經樂瘋。

蘇珞這才記起還有她們在。他頭疼地想，這可怎麼辦？總不能一直被這麼誤會。

雖然昊一不介意他是Gay，但不意味著不介意被誤會跟他是一對吧。

「哥！」毫無預兆地，蘇珞衝昊一喊道。

非限定Alpha —— 米洛

「欸？」昊一抬頭，手上的動作都停下了。

蘇珞朝昊一挑眉，再衝邊上擠眼睛，懂吧？喊你一聲「哥」，她們就知道我們是再正經不過的兄弟情。

看到昊一也朝那邊瞥了一眼，蘇珞心下寬慰，很好，他Get到了！

男人之間的友誼就是這樣，哪怕全然不認識，也會有種特別的心靈默契。

昊一摸向蘇珞的頭，還綻開一笑。「嗯。」

蘇珞卻懵了。

哥哥摸弟弟的腦袋，沒什麼不對。

可蘇珞又覺得，哪裡都不對。昊一這個動作也好、笑容也好，怎麼就蘇里蘇氣的，不那麼鋼鐵兄弟情呢？

「哇！是年上啊！」邊上那桌直接炸了。

「好稀罕啊，在這小狼狗遍地的年代，終於有顆年上的糖可以舔！」

「是誰說今天要來吃火鍋的，我要給她發一個大大的紅包！」

「我要哭了，年上太好嗑了。」

「這是我能看的嗎？快掐掐我，我是不是在作夢？」

簡直是集體嗑嗨了。

蘇珞扶了把額頭，認輸了。

比起這個……

「你沒問題嗎？」蘇珞問昊一。

「什麼？」

「被誤會和我是一對。」

「你呢？」昊一反問。

「我沒關係，她們又不知道我是誰，但是你……」

每個人介意的東西都不一樣。對蘇珞來說，只要不是惡意，就算被拿來當嗑糖工具人，他也不會在意。

但昊一怎麼想，他就不知道了。

「我是攻？」昊一問。

「大概吧。」

「那沒問題。」

「……」蘇珞托腮看他。「那如果我是攻、你是受，就不行嗎？」

「你能上我？」昊一也托腮看著他。

「嗤！真是好笑……」蘇珞倏地一下起身，兩手用力按昊一的肩，踧踧地看著他。

「你再說一遍，我不能上你？」

周圍頓時一片抽氣聲。那是激動到無聲的尖叫。

「啊。」蘇珞的臉紅透一片。他平時沒那麼容易害羞，大概是昊一過於騷氣的信息素，讓他有些敏感了。

幸好，兩人點的菜來了。蘇珞趁機回到座位，假裝什麼事也沒發生過。

雖然說了他吃什麼，昊一就吃什麼，但在點菜時，蘇珞也有讓昊一挑選。

巧的是，昊一挑的幾樣，比如麻辣海蜇皮、皮蛋豆腐等，都是蘇珞喜歡的。要不是昊一有可能是自己的情敵，他們真有可能會成為好兄弟。

「別光看我，我臉上是有羊肉捲還是怎麼了？」蘇珞用胳膊肘撞一下昊一說道：「快吃啊。」

「不叫哥哥了？」昊一問。

「哥什麼哥。」蘇珞瞪他一眼。「誰買單誰是哥。」今天可是我買單。

昊一把ＯＫ繃推到蘇珞面前說：「那幫個忙。」

「嗯？」蘇珞筷子都拿起來了。

「這裡。」昊一示意自己的手背上有傷。

「都已經好了。」蘇珞掃了一眼，伸筷子夾起火鍋裡的腐竹，放進昊一的碗裡。「趁熱吃，這家腐竹特別香。」

「可還是疼。」昊一的眉頭微微皺著。

「別矯情。」這被資料夾刮到的傷，像被貓撓到似的一小條。在車上的時候，蘇珞就問過他疼不疼，那時昊一明明說已經好了。

而且蘇珞也看到，傷口確實止血了，沒必要貼ＯＫ繃。

或許是見到蘇珞沒有搭理自己的意思，昊一開始自己動手。

他不用兩隻手來撕ＯＫ繃的包裝，那隻「受傷」的手像廢了似地擱在蘇珞的眼皮底下，然後另一隻手抓著ＯＫ繃一角，啣在嘴邊，輕輕撕扯包裝。

「妳們看，這這這，我怎麼感覺他在撕那什麼……」

「好色氣啊。」

「我天，這是我不花錢就能看的嗎！」

現在的女生也太猛了，撕個ＯＫ繃，都能看出撕保險套的臨場感。

「你夠了！」蘇珞搶過那個怎麼也撕不開的ＯＫ繃，扯開後，蓋章似地貼在昊一的手背上。

「謝謝。」昊一頷首微笑，顯得很紳士。

「不用謝，我也不是自願的。」蘇珞說，督促昊一趕緊吃飯。「快點吃完，我們才能各回各家。」

昊一倒也不是吃得很慢，就總是在燙菜、夾菜，而且都往蘇珞的碗裡搬。

蘇珞被他投餵得很快就飽了。再看昊一的碗裡，幾片生菜葉、兩顆牛肉丸子，都沒動。

「你是在節食嗎？」蘇珞說著，給他舀了火鍋裡的牛肉捲、雞肉、蝦丸等等。「可不能浪費。」

「多謝。」昊一捧著碗接下來，然後一點一點地都吃乾淨了。

蘇珞見他也沒被辣到就放心了。看樣子昊一是有點挑食，但都能吃就是了。

隔壁桌的女孩們也在埋首幹飯，當然也有可能是出於不打擾他們用餐的禮貌。

蘇珞又開始給昊一夾菜，這次多了些海蜇皮和豆芽。

昊一還是吃到見碗底。

蘇珞忍不住笑了。「你是小朋友嗎？吃飯還要別人夾給你。」

「蘇珞，你很喜歡小朋友吧？」昊一忽然問。

「嗯？」蘇珞歪了歪頭，但顯然沒把昊一的問題放心上。

他想著要不要再吃一碗白飯，不過可能晚飯要吃不下了。

「說實話，我沒想過會和你一起吃飯。」蘇珞看著所剩不多的菜。「還吃得這麼香。」

「嗯，我也沒想到……」昊一說著，微微一笑。「——你也喜歡阿越。」

正打算添飯的手停住了，蘇珞愣愣地看著昊一問：「你說什麼？」

這裡確實有些吵。有客人吃完走了，又有客人進來，座椅拉進拉出的，還有孩子不知怎地哭了，家長怎麼也哄不住。

昊一莞爾，勾魂似地朝蘇珞彎了彎食指。

蘇珞心頭撲通跳著，著魔般地靠過去。

昊一親密地摟住他的頭，嘴唇湊向他粉紅的耳朵。

蘇珞能感覺到覆在自己左耳上的昊一手掌又大又熱，捂得他心悸、耳熱。

也能感覺到自己大半截身子都窩進昊一懷裡，像被他圈禁一樣，無處可逃。
但這都比不過右耳感受到的熾熱撩人氣息。
昊一像頭食飽饜足的野獸，語調裡透著一種慵懶，卻反而讓人膽顫心驚。
那沙啞性感的嗓音，把話語一口氣送進蘇珞哆嗦的心裡。
「——我說，我也喜歡秦越，這可怎麼辦？」

※

幹飯人，幹飯魂。
蘇珞從沒想過像他這樣的吃貨，也會有吃到滯食的一天。
可見，重要的不是幹飯，而是和誰幹飯。
最後那一碗，象徵火鍋精髓的湯泡飯也沒能吃完。
買單時，蘇珞瞥了眼丟下約架似的威脅後就跟沒事人一樣的昊一，很想生吞了他。
無他，助消化耳。
「謝謝您的惠顧。」

服務員微笑地送上兩張一粉一黃的情侶款便箋，而蘇珞已經把這事忘到九霄雲外。

「這是什麼？」昊一湊近，他的腦袋幾乎擱在蘇珞肩上，又是那種會讓耳朵發燙、讓人非常不爽的氣息。

蘇珞火速彈開。「你沒眼睛看嗎？」

就在收銀台不遠處，有一面布置精美的心型留言牆——情侶打卡地。

當初會選這裡吃飯，除火鍋好吃外，就是可以留言紀念。

然而，捏著彩箋的蘇珞，心在滴血。

本該和秦越一起寫的……說他是直男式浪漫也好，總之，原本不該是這樣。

「哦，謝了。」這樣應著的昊一，不客氣地從蘇珞手裡抽走一張黃色便箋。

「怎麼，你要寫學霸到此一遊嗎？」蘇珞夾槍帶棒地說：「還是披著羊皮的狼？」

「呵……」昊一卻笑了。

「難道不是嗎？情侶便箋有什麼好寫的。」蘇珞更氣了。說著，他拿起桌上的黑色水筆，在粉色箋上重重寫下：『情敵他騙我飯吃！』還啪一下，貼在心型牆的至高處。

太慘了！絕對是見者落淚的效果。

昊一這下更是笑得肩膀都在抖。

蘇珞覺得，他一定是有那大病。

昊一也拿過筆，開始寫。明明是同一枝筆，他卻寫出軟毛筆似的效果，字體清俊灑脫，那麼長的句子擠在那麼小的便箋上，卻寫得勻勻整整、一氣呵成，邊上的人看著連聲讚嘆字好看。

「寫小抄呢。」蘇珞卻忍不住吐槽。

他正想瞧昊一寫的是什麼，但昊一把便箋往手心裡一折，順勢塞進褲兜。

「你禮貌嗎？」蘇珞皺著眉問他。

「嗯？」昊一一臉無辜。

「你……」你看到我寫的便箋，卻沒給我看你寫的。你不會是咒我單身一輩子吧？

「啊，你想看？」昊一像是這會兒才反應過來，伸手進口袋掏紙條。

「誰稀罕。」蘇珞扭過頭，像個怨氣滿滿的小寡婦。「你的手機呢，拿來。」

「在這。」昊一把裹著紙巾也掩不住火鍋味的手機遞給他。

蘇珞拿過來，沒好氣地說：「雖然你不仁，但我不會不義，該賠的我還是會賠給你。」

「怎麼個賠法？」昊一低聲問他。

又是那種會讓人莫名焦躁的嗓音。蘇珞不知道自己是怎麼回事，就算對方是情敵前來挑釁，自己也不能這樣焦灼浮躁，像吃了N噸炸藥。這會讓自己像個得不到糖果在鬧騰的小屁孩。

但他就是忍不住想嗆昊一，這難道是Alpha的血脈影響？在求偶上，寸步不讓。

「當然是去前面的手機店維修。你還想我怎麼賠？」蘇珞不覺大聲：「肉償啊？」

「哦吼！」那桌好不容易安靜下來的女孩，集體沸騰。「媽呀，沒想嗑到真的！」

蘇珞在她們的熠熠目光中，頂著一張臊紅的臉，拽著還在那秀存在感的昊一，將他拉出火鍋店。

這家店，他是再也沒臉來了。

※

「兩台手機維修。謝謝。」

蘇珞拿出自己摔裂螢幕的手機，還有昊一的手機，一起遞給櫃檯後的維修員。

「這台換螢幕很快，但另外這台要清洗加檢查，得要點時間，也比較貴。」維修員是個Beta，鬍子拉碴的，拿著手機熟門熟路地報價。

店面跟麻雀似的小，兩個Alpha站著都轉不開身，兩邊還掛滿各種貼膜、保護殼等手機配件。

「嗯，好。」

這顯然不是官方手機維修店，看著昊一跟好奇寶寶似地看看這個、又看看那個，蘇珞忍不住道：「放心，童叟無欺。」

「這個。」昊一卻從架子上取下一對手機殼，上面寫著「買一送一」。

不得不說，他的眼睛真尖，能在這掛滿牆的手機殼裡挑出款式、品質都是最好的那種。小羊皮質地，鏡頭全包保護，時尚大方的棕黑配色，就像是手機殼裡的Alpha。

就是那上面的英文有些騷氣了。

『Love u.』

『Me too.』

妥妥的情侶殼。

在昊一拿下它的時候，蘇珞就心動了，那是他和秦越都喜歡的顏色。

蘇珞下意識就去看牆上的手機殼，那竟是最後一款。

唉，因為是竹馬，什麼都捷足先登嗎？

「這個給你。」昊一把寫著「Love u.」的手機殼遞給蘇珞。

「你不買？」蘇珞喜出望外。

「不，我只要這一個。」昊一把「Me too.」手機殼拿在手裡看。

「這是情侶款。」蘇珞兩眼瞪得溜圓。「你給我幹什麼？」

「我們會在一起嗎？」昊一問。

「你瘋了吧？」

「那拿著有什麼關係？」昊一說：「分開看的話，就是單獨的一款手機殼。」

「呃……」竟很有道理。

「我買單。」昊一微笑說：「謝謝你請我吃飯。」

蘇珞看著手機殼背面那漂亮的花體英文字。「Love u」，如果給秦越看的話，是不是能助攻？

就……收下吧。沒有ＣＰ感的兩人，就算用情侶款又有什麼好怕的。

「你買單你的，我拿的是贈品。」蘇珞說，劃清關係。

昊一又笑了一下，淺淺的，卻好看得像電影特寫。

就很蘇，那種會讓人神魂蕩漾的蘇。

蘇珞突然覺得，或許有那大病的是自己。

心臟又開始崩壞似地狂跳。

他拿著手機殼回到櫃檯前，維修員和他說螢幕換好了，但另一台還在拆。

不想和昊一說話，蘇珞翻著自己復原的手機，發現收到了好幾條訊息，是劇本殺遊戲店的店員傳來的。

那是一間開在舊工廠的熱門店家，不僅有獨家懸疑劇本，還有很多逼真、類似大逃殺的場景，完全是沉浸式的體驗。

價錢很貴，八人一組，因為他和秦越沒到，他們發不了車。

蘇珞向對方道歉，讓對方再找其他人頂上，今天這趟他是去不了的。

這時，有一Beta女青年進來買手機掛飾。

她目的明確地走到蘇珞旁邊的那排架子前，上面全是彩珠字母款。有一串上是她名字的首字母。

她莫名朝旁邊看了眼，剛才就覺得這男生挺高，再看一眼，眉俊目清的，好帥啊！

她準備去拿掛飾的手都愣在半空中。

「給你。」有人從另一邊幫她拿了掛飾。

「什麼？」她回頭後，直接震到合不攏嘴。

這這這是什麼神仙顏值！

就……像從漫畫裡走出來的王子殿下。

她不自覺地收下那人遞給她的手機掛飾，臉孔紅透，小鹿亂撞。

「那邊櫃檯付錢。」那人不鹹不淡地說：「妳能讓一下嗎？」

女Beta就這麼點點頭讓開了。

頂級神顏逕自站到那個男生身邊，半靠在櫃檯上，柔聲細語地對那男生說：「你喜歡劇本殺啊？」

「關你屁事。」男孩語氣不好，但耳朵嫣紅。

女Beta付完款，走到店外，仍像作了一場夢。

「他們拿著情侶手機殼……」

她對這帥哥都內部消化的世界感到絕望了。

「怎麼回事？」

突然，從馬路對面的兩輛黑色商務車上，跳下來七、八個穿黑衣的男人。

都是Alpha！

她趕忙讓開，卻發現那波人，竟衝著手機店去了。

※

「讓他走，你們要的是我。」昊一對著那些堵在店門前的男人們說。

要不是地方太小，伸展不開，那群人已經衝進來了。

「嗯，我就是個路人。」蘇珞點頭。不需要前情提要，也知道昊一惹上了大麻煩。

那個為首的男人，一臉的橫肉，他看了眼蘇珞和昊一手裡的情侶手機殼，不禁嗤笑。

蘇珞不得不轉頭去看昊一，表情滿滿的怨懟。

「你是故意的吧，是故意坑我的吧！」

果然是毀天滅地的Sudo指令。

昊一對他伸手。「來。」

「又幹嘛？」

「玩一下真正的大逃殺。」昊一說。美人一笑，傾國傾城。

蘇珞這才意識到：這傢伙，就是個瘋子。

他原本的計畫是找個藉口溜出手機店，接著打倒最前面的兩個Alpha，好讓昊一從邊上逃走，兩人從此江湖不再見。

現在，他腦子裡想的只有一件事，就是自己麻利地滾開，離昊一越遠越好！

※

「臭、臭小子！看老子不廢了你的腿！」

剃著光頭，膀子上還飛著翱龍刺青的男人暴怒著。他先前叫來的三波小弟，都撲倒在街上。一堆橫七豎八的「屍體」，像拍著什麼末日大片。

就算在戶外，Alpha的信息素轟炸起來，依然教人汗毛直豎。路人能跑的都跑光了，不能跑的都躲店裡，不敢冒頭。

而這，距離開打僅過去十多分鐘而已。

「到底是誰廢誰啊？死禿頭！」在敵意滿滿的信息素侵襲下，蘇珞戰鬥力爆表。

他從沒有像現在這樣毫無顧忌地釋放強勢的信息素，也沒有像現在這樣血脈賁張過。就像屬於Alpha的進攻本能被徹底激發一樣。

大約是因為——昊一他實在太屌了！

站在他身旁的昊一，就像閑雲野鶴，淡定如雞。

可他一出手，這哪是雞啊，妥妥一大野狼。

毫不留情的拳頭、快到殘影的二段踢，所到之處，就跟秋風捲落葉似地掃倒一片。

蘇珞本來已經做好可能會「缺胳膊斷腿」的硬仗準備，結果什麼事也沒有，爽爽快快地幹了一架。

「蘇珞，我們走。」突然，昊一說。

「不，還有一個……」

蘇珞指著光頭，卻見另一邊烏壓壓跑來好多防暴警察。他們雙手抓著大鋼叉，劈里啪啦地冒電光。

「臥槽！」那是用來控制暴走Alpha的。因為信息素失控而陷入狂暴狀態，必須用武器才能制伏。

蘇珞看得頭皮發麻。

昊一掏出車鑰匙，兩人默契地互看一眼，拔腿狂奔向跑車。

傍晚時分，霞光漫天，把這棟籠罩玻璃幕牆的公寓樓渲染得像是彩虹糖罐。

兩個勾著肩、搭著背的年輕人在等電梯。

叮！

電梯門滑開，一個揣著購物袋的大嬸與他們對個正著。

她瞅著他倆，先是一愣，然後便是一臉嫌棄地往外走。「這才幾點啊就喝成這樣，現在的年輕人啊……嘖嘖。」

「我、我哪有……」踮著右腳的年輕人，轉身想辯解，無奈電梯門闔上了。

「幾樓？」勾著他肩頭的另一人問。

「八樓。」一共十二層。

光潔的電梯壁倒映著兩人，頭髮凌亂、額上有汗、臉孔泛紅，像剛跑完馬拉松，從頭到腳都冒熱氣。

蘇珞拎住自己潮濕的T恤領口，低頭嗅了嗅，頓時皺鼻。「這明明是汗臭，哪有酒味，真瞎扯！」

見邊上的昊一仍然牢牢勾著自己的肩頭，他忍不住道：「可以了，抱這麼緊，你不嫌臭嗎？」

「不嫌。」昊一答完，扣在蘇珞左肩上的手掌又緊了緊。

「可我熱！」蘇珞用另一隻胳膊用力頂他的腰側。

也真是倒楣。

打架沒事，昊一開著跑車，帶他體驗城市道路上的速度與激情時，也沒事。

偏偏在下車時，他絆了一跤，摔了個五體投地！

雖然昊一立刻過來，扶他起來，但右腳已經扭到，疼得踩不下地。

還被誤會成酒鬼，這不是倒楣是什麼？

「熱總比腳疼好吧。」電梯徐徐上行，昊一語氣裡有點哄小孩的感覺，蘇珞也不知怎麼的，竟還挺高興的。

就像在網上接單寫程式，辛苦完成後提交給評審，並得到「LGTM」的回郵。

『Looks Good To Me.（我覺得不錯）』

翻譯成業內的話：『程式碼已通過Review。』

這帶著中二味道的縮寫回覆，是能喚起心中愉悅的存在。

被昊一架著、單腳跳著走的自己，以及笨拙地從口袋裡掏出鑰匙，打開房門的自己。

這樣的一幕幕，蘇珞心裡竟然覺得都是「ＬＧＴＭ」。

進門後，玄關的感應燈亮起，他更是渾身鬆懈，不管不顧地直接往地上滾去。

「欸？」

昊一沒能抓住一心往地上滾的他，反而被拉著拽倒在地。

「操，累死老子了！」

蘇珞就這麼仰面朝天地癱軟在玄關的大理石地上，跟廢了一樣。

玄關很寬敞，事實上，這裡原本就是高級住宅區，住戶大多是商圈的精英。

房間裝修得很精緻，灰色基調下，主潔淨的白，傢俱時尚，客廳的牆上掛著大幅的現代印刷畫。

客廳的落地窗很搶眼，整整一面牆都是。

窗外，霞光變得濃重，像加了深紫的調色盤。

昊一坐在蘇珞身旁，靠著白色鞋櫃，看著這霞光萬道的客廳。

「怎麼了？」蘇珞問。

非限定Alpha —— 米洛

「聽秦越說，你父親總是出差。」昊一看著他說。

「嗯。」蘇珞翻身坐起。腳沒有那麼疼了，他支起一條腿坐，看著昊一。「怎麼，你以為會看到一個亂糟糟的、單身狗的家嗎？」

昊一抿了下唇。「沒有。」

「你就是！」蘇珞踢了他膝蓋一下。

昊一捂著膝蓋。他確實這樣想過，單獨過日子的蘇珞，家裡會不會堆滿髒衣服？襪子也總是成不了雙的那種。

那他就可以幫忙收拾。

然而，這個家不但整潔，還充滿著生活的細節。

鞋櫃上掛著鞋拔，一沓零錢，寫著繳納水電費的便箋，還有買菜用的環保袋等。

昊一的家比蘇珞的家大得多，家裡有一位老管家、三位廚師、十多個傭人，其他還有司機、園丁、弟弟的保姆、家庭教師等等。

媽媽不僅是Omega，還是對Alpha的信息素高度敏感的類型，所以就算是面對自己的兒子，有時也會陷入無法克制的焦慮和恐慌情緒中。

像是有嚴重的被害妄想，她總是選擇住在能隔絕一切信息素的地下室裡。

父親的話，只是把家當作宴會、聚餐、發表演說的另一場所。外人羨慕至極、占據半座島的大豪宅，不過是一家人最好的偽裝，讓他們看起來是正常的，畢竟生活在同一屋簷下。

「我家沒有……」旲一看著鞋櫃上的零零碎碎，突然意識到一件事。

「沒有購物袋嗎？」蘇珞抬頭看了一眼。「怎麼可能？」

「嗯。」旲一笑了一下。「我沒見過。」

「那你家裡得多乾淨啊。」蘇珞很驚訝。「一點雜物都沒有。」

旲一想，一直覺得家裡跟博物館似的，是因為古董太多，連牆上的全家福都是油畫。

現在才明白，是因為它沒有生活痕跡。家裡的鞋櫃上只擺著空蕩蕩的古董花瓶，所有的一切都由傭人打理好，就像他回家之後，傭人會把他的指紋從門把上抹除一樣。

「我更喜歡你的家。」旲一直截了當地說：「很溫馨。」

「兩男人能溫馨到哪去？」

蘇珞笑起來，心裡又開始湧現「ＬＧＴＭ」，就很開心了。

——這大概就是男人之間的友誼吧。

蘇珞想，自己會這麼高興，就是因為這樣。

無關Alpha，只是男人。

和昊一並肩戰鬥，真的很痛快。

他就沒打過這麼爽快的架。一直在上分，段位也是蹭蹭地漲。

戰鬥結束，非但不再計較他到底是為什麼打起來的，還想要繼續發展一下更深層次的「友情」。

儘管腦袋裡在靈魂發問：什麼鬼？你要和情敵加深感情？

可心裡卻還是想要爭取一下。

昊一是怎麼做到大軍壓境，還能不疾不徐地釋放信息素，慢慢壓場過去，然後取得絕對的勝利？

蘇珞想學他的處變不驚。

真是又酷又跩又蘇……

「我今晚能住你這嗎？」昊一站起身說，並伸出手。

「行啊，那你睡我的房間，我睡我爸那間。」蘇珞說，拽住昊一的手掌，想借力站起身。

但昊一一把將他拉近後，直接彎腰公主抱起來。

這令人驚嘆的腰力！

蘇珞雖然不胖，但個子高，體重顯然不輕。

「你幹嘛！」蘇珞瞪著昊一。

「你不是不能走嗎？」昊一說，玄關和客廳之間，還有兩級台階。

蘇珞還是瞪著昊一。「你行不行啊？」

「什麼？」

「你也打累了吧？」蘇珞說。

就算頂A的體力確實好些，但剛才打架那會兒，出力最多的也是昊一啊，他沒理由一點都不累吧。

「萬一你體力不支，把我甩出去怎麼辦？」蘇珞滿腦子都是自己屁股摔裂的慘樣。

「比起這個姿勢，你更介意被摔啊？」昊一笑了。

「當然，不過這姿勢確實不那麼像話……」蘇珞說，卻不由自主抱住昊一的肩。不用自己走當然是好的。

然後，他聽到了昊一的心跳聲，讓他意外的是，為什麼……看來一臉淡然的昊一，

非限定Alpha——米洛

心跳會這樣快？

好像就要崩壞，瘋狂地鼓動。

這讓他的心跳也不禁撲通撲通加速，像亂入狼群的小鹿，變得失去控制。

「那什麼……」

被昊一公主抱著的蘇珞突然緊張起來。Alpha的心率一般在六十左右，會快到讓人輕易察覺，除去生病、劇烈運動外，就只有——易感期到了。

但可能嗎？這裡又沒有可以導致Alpha情動的Omega，也沒有他喜歡的人在。

「你放我下來，我自己能走。」

蘇珞覺得不管是不是，自己都有必要離昊一遠點。

易感期的Alpha對Omega來說是強力膠，各種貼貼，但對同類就是移動的火藥庫，一點就炸。

他現在沒有餘力和昊一幹架，只想鹹魚癱。

說實在的，他從沒有像現在這樣渾身「慵懶」過，就好像哪都不痛快，卻又不知道該怎麼紓解，甚至有些焦躁了。

或許他需要飽餐一頓，才能讓自己恢復過來。

「你是不想說謝謝嗎？」

昊一穩穩站住，深邃的冰眸流動著光。

「什麼？」

蘇珞不覺盯著昊一看，心跳不由得又加快幾分，卻完全不知道自己為什麼會這樣。

「喏。」昊一下巴一抬，示意蘇珞自己看。

「啊。」蘇珞一低頭，才發現昊一已經把他帶到沙發前。

「還是，你想去別的地方？」昊一問：「浴室？」

「就、就這裡！」蘇珞忙道：「放放放！」

像極指揮堆高機卸貨的包工頭。

昊一把蘇珞放在雙人沙發裡，穩如老司機。

「你還站著幹嘛？」蘇珞明知故問。

昊一沒說話也沒走開，就這麼居高臨下，以目光「招呼」著他。

這不知道的人，還以為他要等的不是一句「謝謝你」，而是「叫爸爸」。

每個Alpha都想做另一個Alpha的「爸爸」。

或者爸爸的爸爸。

即——「老子是你爺爺」。

Alpha之間的交往就是這麼「激情四射」。

「謝謝！」蘇珞被他盯得臉都熱了，只能咬牙切齒地說：「我謝謝你還不行嗎？」

昊一勾唇一笑，彷彿剛才緊迫盯人的不是他。

然後他還是沒走開，而是蹲下來，去捉蘇珞踩在沙發墊上的右腳。

「你幹什麼！」蘇珞飛速抬腿，用穿著白襪的腳丫開懟。「我踹飛你信不信？」

「我想看一下你的腳，要不要去醫院。」昊一語氣溫柔。「你放鬆一點。」

「呃。」說起來，秦越也幫他看過腳踝扭傷。在打籃球的時候，碰撞滑倒很常見，可為什麼，換作昊一碰他，就渾身「不對勁」呢？

膈應嗎？

並不是。

尷尬？

是有那麼點。

可有什麼好尷尬的……

兩人是大大大情敵，就算脫光了，也不會對對方有反應吧。

（不，我想哪去了！什麼反應？這什麼鬼！）

蘇珞瞬間面紅耳臊起來。

「我能脫你的襪子嗎？」

昊一在沙發坐下，一臉認真地問蘇珞。

看著那張精緻的臉孔，蘇珞感到了窒息。

「當然不能。」蘇珞捂著自己的腳，生怕晚一步就會被昊一扒掉襪子。「我自己來。」

「嗯。」昊一對他笑了笑。好像王子殿一樣的笑容，無限地放著閃。

「至於嗎？」蘇珞翹起二郎腿脫襪子，邊脫邊說：「這麼騷里騷氣的……」

「嗯？」昊一看著他。

「難道不是嗎？」蘇珞光著腳丫子看昊一。「你狂撩我有什麼用，我又不是秦越，你的騷氣……」蘇珞頓了頓，以不屑的表情看他說：「完全用錯了地方。」

昊一卻顯得訝異，接著微微一笑說：「你倒知道我在撩你啊。」

「所以，到底為什麼啊？」對著不斷散發魅力的昊一，蘇珞簡直有冤無處申。「撩死我，好繼承我寫的程式ＢＵＧ？」

非限定Alpha——米洛

「倒也不想。」昊一說道：「讓我看一下你的腳就好。」

「我的腳沒事。」蘇珞盤起腿。「倒是你，剛才被人打傻了嗎？」

可好像只有昊一打人的份，他就沒挨打啊。

看著怎麼也不肯配合的蘇珞，昊一輕輕嘆口氣，然後伸手進外衣口袋。

「我們來做個交易吧。」

「什麼？」

「你讓我檢查一下你的腳，我把這個給你。」昊一說著，從口袋裡摸出手機。

蘇珞的手機，套著簇新的殼。

「什麼時候？」驚喜來得太突然，蘇珞瞬間笑顏如花。之前打架的時候一片混亂，他沒顧得上拿手機。

就上樓前，他還在心疼自己的手機，想著明天一早就去拿。

「趁他們沒注意的時候，我去結了帳。」昊一說著，又拿出他自己的手機。

和蘇珞的一樣套著新手機殼，兩手機並排放在茶几上，像一對腦袋相抵的小情侶。

「哦！你夠機靈呀。」

蘇珞正要去拿手機，昊一卻一把按住他的爪子，挑眉看他。

「知道了，給你給你。」

蘇珞抓住手機的同時，把右腿支起來，往昊一大腿上一放。

這操作把昊一都整懵了。

他眨了眨眼說：「你還真的只要手機啊……」

「當然了，現代年輕人的命都是手機給的。」蘇珞撫摸著煥然一新的手機螢幕，很是高興。「你不一也樣？」

包括日誌在內，手機裡重要的東西太多了，雖然有備份，但丟了還是麻煩。重新買手機，還要花很多錢。

「唔……」昊一低頭看著蘇珞赤裸的腳丫，好似自言自語地說：「我的話，還是你的腳比較重要。」

「你有什麼戀足癖嗎？」蘇珞滿臉的嫌棄，卻也掩不住發笑。「真搞不懂你。」

「會痛嗎？」昊一不介意被笑話，反而認真地輕輕揉捏起蘇珞的腳踝。

「不痛。」蘇珞也奇怪，剛還有點脹疼的腳踝，一到昊一手裡就變得舒服起來。

「你不會還學過按摩吧？」

「按腦袋算不算？」昊一的拇指在踝骨下方輕輕揉撚。「《AO法學》的論文特別難寫，期末的時候，頭真的很痛。」

看著昊一微微蹙眉的樣子，蘇珞腦袋裡都有畫面了。

那被女生團團包圍的傳奇學霸，也會有對著一電腦的法律書籍和文獻，一個頭兩個大的時候。

「哈哈哈，聽起來好慘啊。」

「說我慘你還笑這麼大聲，人性呢？」昊一說著，手指往上一滑，掐住蘇珞結實的小腿肚。

「對你要什麼人性？」蘇珞笑著，踢他反擊。「走開，昊嬤嬤。」

「什麼？」昊一沒聽懂。

「容嬤嬤的哏都不知道？」蘇珞擺出一副嫌棄的樣子。「所以說，你也不是什麼都懂。」

「可我知道，搔你這裡會癢。」昊一撲過去，撈住蘇珞的腰。

「哈哈哈！住手！」

蘇珞壓根兒沒想到昊一會搔自己癢癢。這還是他和秦越偷偷說過的，說自己怕癢。

「可惡！你到底向秦越打聽了多少我的事情。」蘇珞被搔得在沙發裡蜷縮成一團，臉孔通紅，臉上的笑還憋不住。「哈哈……夠了！」

「不夠。」昊一還壓在他身上。「既然你的腳沒事，我也不用客氣了。」

「你什麼時候對我客氣過？」蘇珞瞪著他。「這裡是我家，你撲我身上，還搔我癢癢！有沒有王法？」

「你把腳給我了，作為拿回手機的交換。」昊一的手按在蘇珞笑到頻頻抽緊的腰肌上。「手腳又不能分家，理論上看，你整個人也歸我了。」

「這什麼歪理？滾蛋！」蘇珞決定奪回身體。「我的手腳才不歸你管。」

他抓住昊一摟著自己腰身的手臂，用力扯開，摔跤似地一個翻身將他撲倒。

淺藍色的布藝沙發被他倆震得都移了位，蘇珞笑著緊扣昊一的手腕，將他控制在自己身下。

看著昊一「高冷.jpg」的臉，蘇珞得意地笑起來。「怎樣，大律師，我的身體只聽我的指揮吧？」

昊一抬眸看他，那睫毛又長又密。

原本遮蓋著額頭的瀏海，微微向上飛起，露出潔白飽滿的額頭，五官也更加明晰立體。

非限定Alpha——米洛

這傢伙長得真不是一般的精緻。

雖然知道，但還是會控制不住地移不開視線。

……好香啊。

是在保全辦公室裡聞過的味道。

像野獸，也像人類。

頂級麝香的味道，讓人沉迷。

蘇珞慢慢地眨了一下眼，腦袋裡空白一片，等回神過來時，他已經低頭，吻上了昊一的唇。

原來Alpha的唇瓣也是軟的。

不像網上說的那樣，只有Omega吻起來特別舒服。

就像喝著一杯摯愛的奶茶，總是忍不住汲取，感受那份香甜沁入肺腑。

但，昊一親起來，比奶茶可口百倍，會上癮。

不，是已經上癮，而停不下來。

「唔……」

昊一忍無可忍似的，用力反握蘇珞的肩，把他抬起一些。

他注視著蘇珞那雙濕潤的眸子，低啞地問：「你易感了？」

「我、我我哪有易感，別瞎說！」

這麼說著的蘇珞，猛地從昊一身上彈開來。

「那你怎麼親我？」昊一歪過頭問。

「我哪親你了！」蘇珞極力否認，還伸手把昊一的頭扶正，不許他賣萌。「剛才親你的可不是我！」

「那是誰？」昊一輕嘆一口氣。「我親我自己？」

「我怎麼知道，可能你夢遊吧。」蘇珞一副要賴要到底的樣子，還拿抱枕丟昊一。「我警告你，少來訛我。」

「這算惡人先告狀嗎？」昊一接住枕頭，噗嗤一笑。

「我去洗澡了！」

蘇珞邁下沙發，赤著腳在地板上跑得咚咚響，跟一股風似地衝進浴室。

昊一看他慌得耳廓都紅透了，不禁握住抱枕一角，挑唇一笑。「我要是想訛你，你可逃不掉。」

非限定Alpha——米洛

浴室內，蘇珞把冷水扭到最大，以緩解陣陣上湧的熱意。

他易感了，顯而易見。

他因為昊一的信息素太誘惑而易感，就算再怎麼否認，身體總是誠實的。

可是，怎麼會呢？他喜歡的人明明是秦越。

他也感受過秦越的信息素，是很廣闊又蔚藍的海洋。

當然，秦越的信息素不總是波光粼粼，也有掀起驚濤駭浪、讓人望而卻步的時候。

但……

蘇珞突然意識到，自己就沒想過去扒秦越的衣服。

剛才吻得動情時，要不是昊一阻止，他已經伸手向昊一的褲腰了。

（這是要幹什麼？瘋了啊，瘋了！）

咚、咚……蘇珞的腦袋磕向濕漉漉的牆，卻阻止不了羞臊火辣辣地竄遍全身。

看來光是冷水澡還不夠，得敲暈自己才行。

不過，蘇珞突然想到一件事——

如果頂A的信息素連同為Alpha的他都能撩動，那是不是說明，未必一定要AO才能完美契合？

蘇珞不再磕自己的腦門，而是直愣愣地站在一片水幕中。

還是說，能做到這點的只有頂級Alpha，像昊一那樣的？如果是這樣的話，還真是不公平啊。

他爸爸和媽媽那麼相愛，就因為沒有信息素反應，無法標記，最後只能分開。

反觀他和昊一，連點感情基礎都沒有，卻輕易地親上了……

這樣一想，信息素這種東西，真的不是老天爺開的玩笑嗎？

而且是讓人完全笑不出來的惡作劇。

雖然很想把所有的鍋都甩給昊一，但蘇珞只是沉沉地嘆了口氣。

就和人無法選擇出身一樣，身為頂級Alpha的昊一，也沒法選擇自己的信息素是什麼樣的。

「等出去後，好好和他道歉吧。」蘇珞垂下眸。「他剛才沒揍我，已是萬幸。」

不過，昊一說不定已經走了。

被同類偷襲還留下來的話，那神經該有多粗。

「我要打阻隔劑嗎？」

易感的情況下，不讓對方聞到自己的信息素是重中之重。

可昊一是頂A，自己那種只針對Omega的阻隔劑會有用嗎？

「還是用抑制劑？」

不管是蓋住自己的信息素味道，還是暫時性地壓制易感期，似乎都不能萬無一失。

「我會不會想太多了？」

蘇珞想，看昊一剛才那麼冷靜地處置，想來並沒有受到自己信息素的影響。

而且……

「我也好像冷靜下來了。」

臉孔不再緋紅發燙，下半身也很平靜。

果然，AA之間的易感不會像AO那樣誇張。

濫用藥物的話，醫生那邊不好交代。

蘇珞見過，因為用藥超量而被關進特殊醫院，進行全方面檢查的倒楣蛋。

「算了，不管了！」

蘇珞走出淋浴間，拿起浴巾胡亂擦了擦頭髮和身體，套上放在櫃子裡的居家T恤和休閒褲。

他才打開門出去，就聞到一股飯菜香。

「把頭髮吹乾再出來，會感冒的。」昊一說。他穿著圍裙，正在餐桌前擺碗筷。

「你叫外賣了？」蘇珞很驚訝，但看這架勢，更像是昊一做的。

「你就當是叫的吧。」昊一笑了笑，還幫蘇珞拉開餐椅。

「什麼啊，是你做的飯，我還能不誇讚你一下嗎？」

蘇珞不客氣地在餐椅坐下，看著桌上熱騰騰的番茄炒蛋、涼拌花椰菜和馬鈴薯燒肉片。昊一用的材料都是他冰箱裡的存貨。

「真看不出來，你還會做飯。」蘇珞是真的驚訝，看昊一也不像是個會做飯的。

「嚐嚐看？」昊一把筷子遞給蘇珞。

「那我就不客氣了。」

先哄他一下，再和他道歉也比較好吧？這樣想著的蘇珞，夾起一塊滑溜的炒蛋。

「唔！」吃下去的瞬間，蘇珞的眼睛都亮了。「這炒蛋真的是炒蛋嗎？」

「當然是真的。」昊一笑了。「中午吃得辣，晚上吃清淡點吧。」

「你說這麼鮮美的炒雞蛋叫清淡？」蘇珞本來是打算虛情假意一下，但現在可是真心折服。「你可真厲害，連做飯都這麼棒。」

「你慢慢吃。」昊一解下圍裙，看樣子要走。

「你自己做的，不吃一口？」蘇珞忙問。

「我想先洗澡。」昊一說：「可以借用一下你的浴室嗎？」

「可以啊。」又是打架又是做飯的，肯定一身汗了。蘇珞很熱情地指著浴室說：

「你先去洗，我等等拿衣服給你。」

等昊一進了浴室，蘇珞才後知後覺地反應過來：「欸？我不是要向他道歉，然後請他回去的嗎？怎麼還留他洗澡吃飯了？」

但看著面前誘人的飯菜……蘇珞咽了下口水，果真是吃人家的嘴軟。

還有手機，說好他賠的，結果也是昊一買單。

而當蘇珞把牛肉片夾進碗裡的時候，突然意識到，他不知多少年沒在餐桌上吃到有人準備的熱菜熱飯了。

他總是在放學回家的路上，去超市買特價菜，然後簡單煮上一頓。

自己做飯總比外食省錢，不過為節省時間，他的菜單來來回回總是那幾樣。

不但沒有新鮮感，廚藝也沒進步。

有時寫程式寫到忘記做飯，就用泡麵應付。

原來在餐桌上正正經經地吃一頓飯，是會讓人眼底泛酸的暖啊。

蘇珞吃完飯，沒忘記給昊一留一份。

「蘇珞，我找不到吹風機。」

浴室門開了。頭髮濕漉漉、腰間繫著浴巾的昊一站在那，一臉無辜。

彷彿在秀，但找不到證據。

蘇珞的目光不自覺地隨著柔軟髮梢上的水珠，一同滑落到昊一的胸膛……這副性感的身軀就像匠人的得意之作，連乳頭的形狀都是完美的。

更何況溝壑分明的八塊腹肌，以及短浴巾遮不住的大長腿。

蘇珞的心臟哐噹一下，跳得極重。

他看著昊一，看著他A氣炸裂的身材，根本無法移開視線……

「啊！」

當鼻血滴落在餐桌上時，蘇珞是狼狽的，他以為自己和別的Alpha不一樣，不那麼容易易感。

但原來，是得看人嗎？

像昊一這種段位的，普通人根本抵抗不了吧。

鼻血洶湧，蘇珞有點被嚇到，呆呆站在原地。

還是昊一反應極快地從浴室拿來毛巾，幫他止血，還從冰箱拿冷凍水餃充當冰袋，敷在他頸後。

「是中午吃的火鍋太辣了吧？」昊一說。他的語氣和他的動作一樣輕柔。

「大概吧。」蘇珞只是盯著地板，面紅耳熱。

過了七八分鐘後，鼻血總算止住，蘇珞卻沒臉再待在這，藉口T恤弄髒了，飛快溜回臥室。

昊一看著蘇珞落荒而逃的樣子，低頭看了看自己的腹肌，眉頭微蹙地心想，做得太過了嗎？

雖然知道蘇珞很單純，但不知道他這麼不經逗。

「還是不要這樣撩撥他了。」昊一想著，「他臉紅的樣子太可愛了。」

可愛到害怕自己會把持不住。

昊一深深吸了口氣。闖入鼻腔的是濃郁的洋甘菊香。一朵朵、一片片……雖看不見摸不著，但又確實存在的雪白小花，在空氣中如花吹雪般飛揚，令人彷彿置身春日的花海之中。

明媚、燦爛、無畏苦難。

果然Alpha的信息素和本人的形象完全一致。

朝氣蓬勃的蘇珞，讓人一聞就上癮。

昊一不由得舔了下嘴唇，彷彿這樣就能親吻到蘇珞的後頸。

他明明是一個Alpha，卻是那麼想要襲擊另一個Alpha的性腺。

不只想要咬他的後頸，更想要狠狠地「咬」遍他全身每一處。

「嘖！」

昊一突然捏緊眉心。不能高興得太忘乎所以，能和蘇珞共處一室是很棒，但要是把自己整失控了，可就是一齣「慘劇」。

雖然自分化以來，他從未失控過。

昊一強迫自己不去嗅探蘇珞的信息素，而是回到浴室，拿出他故意藏起來的吹風機，不慌不忙地把頭髮吹乾。

※

坐在雙人床上的蘇珞，正低頭在聊天群內發出靈魂拷問。

非限定Alpha——米洛

這是一個高級程式設計師兼職群，群名「燃燒の髮際線」。

『小珞：請問大家，要怎麼才能忍住不該有的衝動啊？』

雖然是兼職群，但更多時候是在討論技術，這些哥哥姊姊不乏名校畢業，在業內有著不小建樹。

蘇珞最初混進來時，才自學編程一個月，但憑藉著肉眼可見的進步速度，以及令人驚嘆的Topcoder賽事戰績，讓總在互懟的程式設計師們，總算有了意見統一的時候。

那就是蘇珞是個編程天才，未來可期。

這天才兼團寵的弟弟一發話，群裡頓時熱鬧起來。

『小黃鴨：忍什麼忍，是男人就該正面上！』

『1024：是有多不能忍呀，照片發來姊姊幫你鑒定下。』

『逍遙子：我也要看美女！』

『枸杞配咖啡：連小珞珞都開始戀愛了，唉，我真的老了。』

『只撿綠頭盔：小珞，你把她想成不靠譜的產品經理，不管多辣，都保證你硬不起來。』

『枸杞配咖啡：快別說了！我血壓上來了。』

別說枸杞，蘇珞都眉頭一蹙，身子涼了半截。

產品經理做的是「方案設計」，就像買車，知道車子有哪些功能，怎麼駕駛就好。工程師則瞭解汽車每個零件及其功能，遇到不是那麼懂車還要指導汽車開發的經理，那真是太痛苦了。

這時，昊一走入房間問：「蘇珞，我的衣服……」

「衣櫃裡，自己拿。」蘇珞頭也不抬。「那什麼，最下層的抽屜裡有新內褲。」

「好。」

『小黃鴨：女人哪有程式香@小珞，快來幫哥哥檢測一下。』

『小珞：鴨哥，發我郵箱吧，我還沒謝謝你上次介紹的那單。』

『１０２４：小珞你別理老鴨那死宅男。你長這麼帥不談戀愛多浪費啊！』

衣櫃那太安靜了，蘇珞一邊輸入一邊往床尾瞄去，這不看還好，一看又魔怔了。只穿著一條純黑三角褲的昊一站在敞開的衣櫃前，似乎正在看哪件T恤或襯衫適合自己。

這衣櫃就很少年，條紋T恤、純色T恤、還有運動衫，季節就只有冬夏二季。

蘇珞是很少買衣服的，畢竟平時只要學校制服就可以，但他沒想過平時再熟悉不過的衣櫃，當昊一站在那時，氣氛會變得這樣曖昧。

或者說——色氣瀰漫。

他拇指一抖，不偏不倚戳到照相功能，他趕忙退出，卻因為心慌反而點了拍照。

「喀嚓」一聲，眼前撩人的一幕就被保存到蘇珞的手機裡。

聽到聲音的昊一轉過頭來，怕昊一質問自己是不是在偷拍他，蘇珞趕緊滑動螢幕，想要刪掉照片，可沒想到兵荒馬亂之下，他竟將照片發進了聊天群。

正在數落產品經理的眾人，瞬間沒了聲。

緊接著，成串的吃瓜表情符號、色瞇瞇表情符號全丟了出來。

『１０２４：喲喲喲！這是哪家的小鮮肉啊！這公狗腰也太饞人了吧！』

因為手抖的關係，蘇珞沒能拍到昊一的臉，只是側身的樣子。

這算是不幸中的萬幸了。

蘇珞慌慌張張地撤回照片，但顯然大家的討論已停不下來。

『小黃鴨：想當年，誰沒有幾塊腹肌呢？』

『只撿綠頭盔：哈哈，我現在也有啊，只不過八塊變成了一塊而已。』

『１０２４：屁股好挺啊！是Alpha嗎？這種身材只能是Alpha吧？小珞你要是不行，

就換姊姊我上吧！』

『逍遙子：這身材，哥也沒別的話了，就祝你性福美滿吧。』

『小珞：別鬧，這照片網上的。』

發完這句此地無銀三百兩的話，蘇珞面紅耳赤地退出聊天群。

倒不是眾人的調侃讓蘇珞臊得慌，而是眼前這個傢伙！

「我說你，就不能在浴室裡解決掉嗎？」蘇珞丟開手機，意有所指地說：「你變態嗎？都上大學了，還玩比大比小那一套？」

雖然昊一側對著他，但因為衣櫃門上鑲著鏡子，透過鏡子，蘇珞看到了那鼓鼓的山包。

那話兒顯然是硬著，就很離譜！

還好剛才沒拍到，要不然群裡得炸翻天。

「什麼？」昊一的表情依然很淡，甚至顯得無辜。

「別給我裝可愛！」蘇珞索性指著他的小山包。「你不是硬了嗎？」

昊一低頭看了看，然後微微一笑。「沒有。」

「你騙人。」

蘇珞還想說什麼，結果因為昊一轉身正對著他而發現——還真的沒有硬。

大概是鏡子和臥室燈的光影折射，使得那安分守己的小兄弟看起來像撐著帳篷。

不不，不對。

蘇珞盯著那鼓包——是因為大。

內褲顯然不合昊一的尺寸，讓小兄弟相當憋屈地窩在裡頭，布料被撐得滿滿，像一柱擎天。

「瘋了吧……」竟然沒發情就這麼大個，蘇珞驚到感嘆，目光一抬，不偏不倚地看見鏡中的自己。

耳朵、臉孔全部紅透，眼睛還水汪汪的，就這麼一副沉醉的樣子，盯著只穿一條三角內褲的昊一。

變態竟是我自己！

「——唔？」

蘇珞倒抽一口涼氣，往床頭的方向退了退。昊一卻邁開大長腿，朝他走來。

「你幹嘛啊～」因為慌，蘇珞的話音都跑調了，像在撒嬌。

「把手給我。」

「滾！」

蘇珞想推開，昊一卻趁勢握住他的手，並把他的手指按向他分開著的腿間。

「！」

當親手觸摸到自己硬起的褲襠時，蘇珞又羞又驚，臉孔像滴血般紅透。他怎麼會不知道自己硬了，但他就是不想承認。

不想承認自己看著情敵那性感的背脊而慾火焚身。

「不是你說的嗎？硬了就要解決。」

昊一白淨又微涼的手指握緊蘇珞的手，輕輕碰觸著胯間鼓起的硬物。

與此同時，他的膝蓋也壓上床墊的邊緣。

不輕不重的「嘎吱」一聲，驚得蘇珞的後頸滾過顫慄，猛抬起頭。

昊一朝他微微一笑。幽暗深邃的冰眸像燃燒著火，可眼神又非常溫柔。

蘇珞滿腦袋的電閃雷鳴，還夾雜著亂飛的驚嘆號。

就算他要解決，昊一也不用這樣眼巴巴地看著他吧。這也太不見外了。

他們可就一頓飯的交情……不對，仔細算了算，是兩頓飯的交情，不算太淺。

等等！現在是計算和昊一起吃了多少頓飯的時候嗎？

非限定Alpha —— 米洛

蘇珞思緒極亂，額頭沁滿著汗水，眼角燒紅，煩躁得想哭。

「我幫你吧？」昊一湊近蘇珞緋紅的耳邊低語，還真是毫不生分的語氣。「總不能讓它一直難受著。」

「啊……不是……嗚！」隔著睡褲緩緩摩擦小弟弟的是自己的手掌心，可那力道卻是昊一帶來的，和自己用手撫摸時的感覺截然不同，帶著完全陌生的占有意味。

更要命的是，那如海嘯般席捲而來的昊一信息素味道。

它太濃稠了，像混滿蜂蜜的牛奶，攀纏住他的四肢，浸沒他的腦袋，讓他眼前除了「性交」這件事，無法考慮其他。

「別碰那裡……你這傢伙……唔！」

睡褲被褪下。

昊一修長的手指壓著蘇珞的手，滑入內褲的鬆緊帶下。

指尖有些微濕，是先行滲出的液體。蘇珞的那話兒又大又硬，顯然亢奮至極。

昊一微微笑了笑，慢慢地上下套弄起來。

膨脹的肉柱在被摩擦的快感和強勢信息素的雙重裹挾下，蘇珞的掙扎更似一種欲拒還迎。

更要命的是，他那被「挾持」的手指，以他前所未知的、更刁鑽有力的方式反覆按壓、撫弄著龜頭。

蘇珞急促地喘息。

「哈啊……你……鬆手……」

蘇珞的腰無意識地扭動起來。他想要逃離這種完全不受自己控制的快感，可是縈繞全身的黏稠麝香讓他的渴求和快感一同暴漲。

原本自慰的時候，快感上升，欲望得到滿足後，自然就會消減下來。

可在昊一這不是這樣，似乎是越爽越想要更多，更甚至蘇珞的手不再是被帶著撫弄，而是主動擼起來。

「蘇珞。」昊一的鼻尖輕蹭著蘇珞的耳垂，在那暗啞地呢喃：「我能吻你嗎？」

——我真的瘋了……

聽到昊一那句「我能吻你嗎」後，蘇珞抬頭看向他，不是想揍飛昊一，而是想狠狠吻他。

這要在平時，根本不可能發生。

但蘇珞心裡明白這些不可能又是怎麼變成可能的。

非限定Alpha——米洛

Alpha和Omega的鼻竇部位，都有接收並分析「信息素」的嗅覺感受器。

即嗅探細胞，它們會捕捉A或者O後頸性腺分泌的信息素。

而信息素之所以被稱作「信息」素，是因為它真的含有「指示某種具體行為」的信息。

或攻擊、或友善、或發情，諸如此類，都是屬於AO之間的化學分子語言。

此刻，昊一傳達給蘇珞的信息素指令就是「勃起」。

身體自然會回應它。

可蘇珞偏不信邪，他覺得自己是Alpha，正所謂同性相斥，他怎麼也能抵抗一下昊一的信息素。

結果就是，他越負隅頑抗，身體的反應也就越激烈。

他簡直像患上結合熱的Omega，渾身發燙地躺倒在昊一身下，不但腰肢酥軟，還滿腦子想溺死在昊一這片慾海裡，銷魂蕩魄，毫無底線。

像要彰顯他的欲求，胯下的分身腫脹得厲害，連蛋蛋都像被牽扯似地疼，那是得不到釋放的後果。

在昊一信息素的影響下，他似乎不能像往日自慰時那樣，快速擼幾下就射了。

反而像等著什麼似的，遲遲得不到滿足。

「啊……嗚……」蘇珞難受極了，他想射精，很想射精！

可不管他怎麼套弄，就是射不出來，並隱約間，像某種直覺一樣，他知道只有昊一才能讓自己釋放。

或許是憋得慌，蘇珞的腦袋反而清醒了一點，他滿眼怨懟地看著昊一，用帶著濕音的聲音說：「你……就不能……行行好、放過我嗎？」

昊一的眸色比平時深，如同極地的寒冰，隱著深邃、湍急的暗流。

而被昊一緊盯著的蘇珞，像得上失溫症般，身體越發地燙，難受到極點。

「我不能。」昊一低聲道，滿滿的無奈。

「你就這麼討厭我？」蘇珞委屈極了，眼眶很紅。「非要欺負我？」

「蘇珞。」昊一輕撫上蘇珞被汗水打濕的額頭。「我喜歡你。」

「所以，你就是討……你說什麼？」

蘇珞都已經腦補好昊一會對自己無情嘲笑，笑他根本不是自己的對手，只是一點信息素就讓他發情，滿腦子只剩發洩慾望。

「我喜歡你，很久了。」相比蘇珞的窒息，昊一氣息沉穩，並始終看著蘇珞。「對不起，我不該騙你的。」

「你是在逗我嗎？」蘇珞覺得自己在作夢，作一個匪夷所思的春夢。

在夢中，他不僅讓昊一給自己打手槍，還聽到他的告白。

只是昊一的眼神認真到，讓蘇珞無法矇騙自己說，這只是夢。

因為他幻想不出昊一這麼「深情如許」的眼神。

還有他說話的語氣，那麼誠懇，且謹小慎微。

這些都是不可能出現在他夢境中的畫面。

哪怕下半身再難受，蘇珞也知道現在正發生什麼。

因為心跳已經失控。

「我喜歡你。」昊一的眼裡閃著光，像暖陽下消融的冰。「當我第一次意識到我總是很在意你，是因為我喜歡你之後，我真的很開心。因為那個一直困擾著我，讓我寢食不安的問題終於有答案了。可我很快又陷入煎熬，我不知道該怎麼做才能接近你，讓你的目光只停留在我的身上。所以我才說……我也喜歡秦越。」

啪！一巴掌重重呼上昊一的臉，響得房間內都有回音。

「啊？」被這一巴掌嚇了一跳的人卻是蘇珞，他的掌心火辣辣地灼疼，表情略尷尬，但是眼前的昊一卻連躲都沒有躲。

彷彿他就該挨這一巴掌。

白皙的臉孔浮起紅印，連眼角都有些腫，但昊一眼裡的光是那樣炯亮又熱忱。明明被騙的人是自己，可望著昊一俊美的眸，蘇珞卻有種自己是渣男，欺負老實人的感覺。

「是我的錯，對不起。」昊一再次道歉，聲音沙啞。「我不該騙你，可是我不會後悔向你告白。」

這種時候該說些什麼？

蘇珞的大腦突然當機。他擅長收下Alpha下的戰書、放學後的單挑，可不擅長被另一個Alpha告白。

昊一微腫的眼睛忽然往下看。

蘇珞的目光也跟著他往下。

「什麼鬼……」

都這種時候了，「蘇小弟弟」還是這麼精神奕奕——不，是更亢奮了。

屹立的分身筋脈浮凸，粉色的龜頭溢著汁液，像是色情漫畫的特寫鏡頭。

出於好奇，蘇珞也看過不打碼的A漫，但沒想過會在眼下找到既視感。

非限定Alpha——米洛

——真是羞到蛋疼！

可真要動手狠抽這不肖「弟弟」，蘇珞又是怎麼都不肯的。

無論怎麼說，它都是非常重要的「弟弟」。

在這空氣突然安靜的時刻，昊一的嘴角以微妙的、幾乎不可察覺的角度上揚了一下。

「你笑屁啊！」蘇珞瞬間炸毛。「這都是你那騷氣信息素惹的禍！你得負全責！」

「好啊，我負全責。」昊一認真地道。

「欸？」

自己剛才是不是說了什麼很不得了的話？蘇珞感覺腦袋裡嗡嗡作響，身體更是悶熱得如置身溫泉。

但又不只是單純的悶熱，淡淡的麝香刺激著鼻腔，他敏銳地悉數捕捉，粗重地呼吸。

他不想承認，他現在饑渴得能把昊一生吞活剝。

「我會按你想要的方式來。」昊一柔聲說：「只要是你喜歡的，都可以。」

「別說得你好像很瞭解我一樣。」蘇珞看著昊一迷人的臉龐，心跳被勾得亂七八糟，嘴上卻不認帳。「我們不熟。」

「說得也是。」昊一報以微笑，爾後彎下腰。

他雙手握上蘇珞高漲的性器，白皙圓潤的指尖輕輕摩挲粉潤的頂尖。

激越的快感瞬間席捲蘇珞全身，就在他頭皮發麻地差點叫出來時，昊一張開嘴，毫不猶豫地把龜首含入口中。

「等下……啊！」

蘇珞連阻止都來不及，比手掌溫度更高的口腔溫度，讓他猝不及防地渾身一顫。太刺激了！這來自唇舌柔軟且熱情的裹挾。

這是蘇珞從未有過、也不可能有的體驗，一種靈魂出竅般的悅樂，讓眼前瞬間升起一團濕霧，眼角滾燙，腰間更是熱融似地攤軟。

「嗯……啊哈……！」

隨著舌頭一下又一下舔吮頂尖，甜膩的呻吟不覺溢出喉嚨。靈活捲動的舌頭就像是一條小火蛇，纏著蘇珞的性器往更深、更熱的地方去，本想阻止昊一這麼做的蘇珞，胯部不禁往前挺，想要頂入更深的地方。

好舒服，不僅舒服得腦袋裡雲騰霧繞、飄然欲仙，同時綻放出更多的慾望之花。

如同高山滾石，一旦開始，再也停不下來。

昊一也沒讓蘇珞失望，不管他怎麼過分地往裡頂撞，那唇舌總是寵溺地接納，像是舔著快要融化的冰淇淋，舌葉不斷地上下掃蕩，繞著圈兒住每一滴溢出的蜜汁。

「咿……啊啊、啊……」

蘇珞受不了這樣的挑弄，像要昊一緩緩似地抬手薅住他的頭髮。那挑染著銀灰的短髮，此時在昏暗的臥室裡，閃著妖豔的色澤。

昊一濃密的眼睫向上挑起，目光灼灼地鎖著蘇珞，這和他平日的高冷迥然不同。

但還是一樣耀眼。

為什麼做著這種事的昊一，還是這麼帥氣呢？明明嘴裡含著另一個Alpha的性器，卻絲毫沒有狼狽或者混亂之感，反而越發性感迷人。

光是看著昊一這樣認真地舔著自己，蘇珞就能高潮。更別說昊一的動作一直沒停，他大幅度地吞吐濕答答的肉柱，像要榨乾蘇珞一樣用喉嚨磨蹭著頂端。

「不行！我要射了……快放開……快、嗚、啊啊！」

蘇珞拽著昊一的頭髮，想讓他放開自己。

可昊一不僅沒停下，反而嘖嘖地啜吸肉柱，攪出更加濕潤的聲響。

「啊啊啊！」

本來就有段時間沒做了，蘇珞根本撐不住幾秒，就在那火熱的喉嚨裡洶湧射出。

「咕、咳！」

Alpha的精液量很大，昊一被嗆到，冰白的面頰泛起潮紅，眉頭也微微皺起，但他不住滑動喉嚨，把濃稠又鹹腥的液體悉數吞咽下肚。

「哈……呼……」

結束後的蘇珞止不住地喘息，大腿內側的肌肉都突突地跳，像剛跑完萬米衝刺。

他的手指終於鬆開昊一的頭髮，轉而蒙住自己滾燙、緋紅的臉。

「幹、幹嘛要吞下去啊……」

他捂著濕透的眼睛，像是無法理解，也像是羞臊到無以復加地喟嘆。

「這樣會更爽，不是嗎？」

昊一坐直身體，沒用床頭櫃上的紙巾，而是用拇指撚去嘴角溢出的白濁。

「更丟臉才是！」

蘇珞拿開手的瞬間，恰巧看到這一幕，羞得心臟都差點停掉。

為什麼昊一可以一臉淡定地做這麼下流的事，彷彿他喝下去的只是牛奶。

「比起這個……」昊一的目光向下一探。「果然只有一次是不夠的。」

只發洩過一次，當然不能滿足被信息素撩起性慾而陷入易感狀態的Alpha。

「我不是，我沒有！」蘇珞粗暴地扯過被單蓋住下身。某人不害羞，他快要羞死了。「可以了，你可以滾了。」

「難道不舒服嗎？」昊一黏上來，隔著被單壓在蘇珞身上，用無辜的眼神看他。

「是這樣嗎？」

「是的。」感受自己整個人窩在昊一懷裡，蘇珞渾身發燙。「你可以讓開嗎？」

「那再給我一次補救的機會吧？」昊一說著，手已潛入床單下，捕捉蘇珞半勃的性器。

「嗯啊～」蘇珞猝不及防地呻吟出聲，而且叫得比剛才還酥軟。

「看來是可以。」昊一笑了。

「不准笑！也不准摸！」蘇珞除了使勁瞪昊一，根本一點辦法也沒有，只能道：

「我說錯了還不行嗎？」

「說錯了？」

「嗯！很舒服，你弄得我很舒服！」

蘇珞覺得要是再來一次，自己肯定會在昊一面前哭得稀里嘩啦。他就是有這樣的預感。

「所以，你別再摸了，我已經滿足了。」蘇珞紅著臉說。

「可是，你這裡不是那樣說的。」昊一撫弄著越來越硬的「蘇小弟」，濕潤的指尖順著莖幹往下，探入凹谷中。

「你想幹嘛？」察覺到危機的蘇珞想要掙扎，卻赫然發現昊一的信息素已將他全身裹挾。指頭只是動了一動，背脊就滾過一陣甜膩的酥麻。

「你上過健教課吧？」昊一的嗓音似另一種信息素，蠱惑著蘇珞的聽覺。「Alpha不是只靠前面才能射精。」

「混蛋！那也不用實踐——啊嗯！」指尖竟然調戲起那裡。

健教課上科普的是，適當撫摸前列腺會產生強烈的性刺激，導致Alpha及Beta男性勃起、射精。

上課時，蘇珞一點也沒想歪，哪知道經由昊一的嘴巴說出來，就這麼色氣。

「唔，不要亂摸。」蘇珞身體輕輕顫抖著，似在做最後的抗爭，可是當昊一的指腹像羽毛一樣輕掃著後穴，他非但沒有產生任何排斥感，反而覺得臀部麻麻癢癢的，自身體深處湧出一股期待。

這感覺簡直讓蘇珞生不如死，他在心裡大喊著：「我才不是這樣淫亂的人。」但前方高昂挺立的性器卻脹得發痛，連底下渾圓的雙囊都鼓起著。

這就是「白熊效應」？越不想要，就越是迫不及待地渴望。

還是他真的太好色了？

就在蘇珞亂七八糟地瞎想時，昊一插入了指尖。

借著前方淌下的黏膩又充沛的精水潤滑，輕柔地往裡推入。

「唔！」

蘇珞射了。

後穴的黏膜只是被摩擦，竟刺激得他渾身一顫，不可控制地勁射出精液。

「啊嗚……」蘇珞滿頭熱汗，一把抓住昊一的手肘，都已顧不上是否丟臉的問題，大口急喘。

「一根手指就射了啊？」昊一濕熱的嗓音搔著蘇珞的耳膜，直透他的心底。「真可愛。」

指尖重重地勾向某一點。

「呃啊！」

蘇珞的臀部瞬間彈起一些，渾身像醉了似地酥麻一片，連脖子根都迅速湧起紅潮。

「我可以再加入一根手指吧？放心，不會痛的。」昊一用膝蓋頂開蘇珞的下肢，讓他的雙腿敞得更開。「只會更舒服。」

昊一加入第二根手指，埋在緊緻的後穴深處，時快時慢抽插。

「呼……啊啊……」

蘇珞就像突然被甩上岸的魚，被昊一撩撥得只有癱軟喘息的份，雖然想要保持清醒，卻越發地沉溺其中。

他沒想過後庭被摸會這樣舒服，甚至分不出到底摸前面還是後面更有快感。

是因為昊一的技巧很好嗎？

不管怎樣，這都像打開了潘朵拉魔盒，從此純潔是路人。

就真的很爽，快要爽死的那種。

腰和屁股也在昊一手指的玩弄下，不知羞恥地扭擺起來，昊一卻還不停吮吻他的嘴唇，讓他更加喘不過氣，神魂顛倒。

滿屋子都是兩人的舌瓣纏繞在一起的淫靡聲響。

「住、住手啊……要瘋了……啊啊……」一口氣射了多次，蘇珞破碎而混亂的腦子裡只剩下一個念頭，那就是——想要更多，想和昊一接吻……

※

凌晨三點十分。

昊一從浴室出來，邊拿毛巾擦著頭髮邊走向廚房。

電鍋裡熬著的牛奶粥冒著熱氣。

他洗了洗手，準備料理已經解凍好的千層酥油餅皮和烤腸。

開火熱鍋，放少許油。

酥油千層餅捲雞蛋和香腸，配牛奶粥當早餐，不僅營養豐富還美味。

餅皮在煎鍋裡逐漸變得金黃，聞著濃郁的酥油香氣，昊一仍有一種彷彿置身夢境般的不真實感。

他竟然在蘇珞的家裡，為他做著早飯。

還以為不可能再遇見他了。

一年前……

昊一被民間義務法律援助團體招為義工後，接手的第一件案子就很棘手。

還只是AO法學生的他，是以律所實習文員的身分做一些法律諮詢、答疑、委託人身分核對、訊息採集等工作。

該案件的受害人是一名十六歲的高一學生，男性Beta，生活在G市。

他的父母有殘疾，家裡靠領救濟金生活。他暑假想打工賺零用錢，在電商網站上看到一則「高薪兼職、只需手機操作」的廣告就動心了。

他拿錢購買商家的產品、刷訂單的銷量，一開始只是一小筆錢，商家很快便把貨款和酬勞匯過來。

見賺錢這麼輕鬆，很快就有第二筆交易，等不知不覺積累多了，商家不但開始延遲還款，還催促他繼續下單才能拿回前面投入的資金。

學生一急，就把家裡本就不多的積蓄全投進去，等他發現上當時，這所謂的商家早已查無所蹤。

因此，家長想控告電商平台廣告審核不嚴，導致騙子有機可乘，可平台認為給商品刷成交量本就是違規操作，學生屬於明知故犯，而且他們也是受害者。

非限定Alpha——米洛

這屬於典型的網路詐騙，騙子的資料全是假的，根本無跡可尋，當地律所都不願接，輾轉來到他們這裡。

昊一開車兩小時去G市查核委託人提供的消息，然而就和他預想的一樣，平台有免責條款保命，只能先找到藏身在網路中的騙子。但直到他完成第二、第三件，甚至第二十件法律援助案，警方依然還在追查。

就在昊一以為這事要陷入死局時，負責辦案的李警官告知他，嫌犯來自首了。嫌犯是一個十七歲的高中生，男性Alpha，網路駭客，家裡不缺錢，只是圖刺激才這樣做。

十多名受害人打算聯合起來向他的監護人索賠。

昊一即刻趕去G市警察局處理相關事宜，嫌疑犯家長花重金搬來大律師。就在昊一和警員接洽的時候，那位剛到四十歲頭髮就花白了大半的李警官，翻著辦公桌上小山高的卷宗，很是感嘆地說道：「我以為嫌疑犯才十七歲就很讓人驚訝了，沒想到一山還有一山高。」

「什麼意思？還有年紀更小的嫌疑犯嗎？」

網路犯罪還涉及洗錢和仙人跳，因此經常是團夥作案。

「不是。」李警官笑道：「是幫我們破案的那小子，才十六歲，也是高中生。」

「什麼？」昊一愣住問：「嫌犯不是自首的嗎？」

「是自首。不自首也沒辦法呀，那小子把他查了個底朝天，姓名、住址、手機號碼都知道了。還有那些被刪掉的詐騙紀錄，每一筆都恢復了。」

李警官是人逢喜事精神爽，笑呵呵的。

「這孩子可真行啊，也是個電腦天才吧。」李警官看著昊一，很是讚許地說：「對了，你們年輕人不是很愛說什麼『用魔法打敗魔法』，可不就是這樣嘛，只有天才才能打敗天才。」

「那學生叫什麼？」昊一很好奇。

「這我就不能說了，他也是個Alpha，分化得還挺早。」

未成年Alpha和Omega的個人資料受到法律嚴密保護，未經對方監護人許可不得向外透露。

李警官什麼都不能說，但不影響他誇耀那小子。

「他長得還帥，十六歲就大高個了，真可惜啊，不能介紹給你認識。」李警官是Beta，他用一種極其羡慕的眼神看著昊一說：「你們Alpha是不是都是天才啊？」

「嗯？」昊一剛走神了。

「我剛可是看到了，你在『牛魔王』面前秀了一下你的手機螢幕，他就徹底啞火。」

牛魔王是那位大律師的外號，脾氣暴烈、手段多，出了名地難對付。

李警官挑著粗眉毛問昊一：「所以，你到底給他看什麼了？能讓他氣勢洶洶地來，安安靜靜地走。」

有句話李警官沒好意思問，那就是：「你不會真給他看了你爸的照片吧？」

昊一才十八歲，沒有律師證，卻能獨當一面地來處理一些事，李警官當然是不放心的，就對他做了些調查。

然後就知道昊一驚為天人的學業成績，以及他協助處理的幾樁著名案件，涉及詐死騙保、高官酒駕撞死人、黑幫高利貸糾紛等等，都是大獲全勝。

這些事後就傳出一種說法，昊一是借著顯赫的家世，才得以一路暢通。

父親是傳奇大法官，聲望極高，母親是名媛，祖上皆是名醫，她名下的醫藥公司年入百億。

可以說，有錢有權做靠山，誰還會與他為敵。

有些話不消說，眼神都表露無遺，昊一知道李警官在想什麼，只是笑說：「我只是給他看了嫌疑犯的駕照。」

「啊？」李警官困惑極了。「駕照也能把大律師嚇退？」

「嫌犯自首，本應逮捕，但那位律師想以嫌犯未滿十八、心智不成熟予以保釋。」昊一解釋道：「可是，嫌犯擁有證明其智力、能力都與成年人無異的駕照。」

「對哦！」李警官這才想起。「Beta和Omega都是年滿十八才能考駕照，但Alpha不一樣，只要年滿十六並通過考核，就能獲取與成年人同等的駕照。」

那也是另一種Alpha已經成年、法律意義上的證明。

換言之，那位大律師現在要忙的是，如何在嫌犯已經確認成年的事實基礎上為他脫罪，而不是循未成年這條捷徑了。

「對方律師都不知道的事，你是怎麼想到的？」李警官又嘆道：「他這是陰溝裡翻船了吧。」

「駕照都是公示在外的，應該是律師助理的疏忽。」昊一說道。

像這樣的大律師是沒有時間親自去搜證的，都是助理集合案件資料後，交給律師審閱，而會發生這樣的資料遺漏，大概率是忙中出錯。

「也是，『牛魔王』可是案源滾滾來啊。」李警官嘴上那樣說，心裡卻想，昊一接到消息就馬不停蹄地趕來，還這麼快就找到遺漏的關鍵資料，可見他在來的這一路上，都在設想對方律師會怎麼做，並找出應對之策。

在這所有人都被大律師的氣場瘋狂屠戮時，只有昊一冷靜如常。是他小看昊一了，尤其第一次見到他時，還以為是哪個明星來了，長得也太好看了，毫不誇張地說，因為他的到來，自己沒少被其他女警「問話」。

昊一並不知道李警官在想這些有的沒的，他復核著警官給他的卷宗是否有誤，忽然間，像第六感似的，他抬頭往窗外望去。

李警官的辦公室有扇很大的窗戶，窗外是灑滿陽光的走廊，這條走廊的右手邊都是員警辦公室、檔案室。

有個穿著黃色短袖T恤的男生從其中一間辦公室出來，經過走廊、經過昊一所在的辦公室。

午後的陽光灑滿他的頭髮，宛如碎金。或許是有些刺眼，他停下來揉了揉眼睛，然後繼續往前走，去搭電梯。

昊一就這麼呆呆地、直直地望著他，彷彿周遭的一切都消失了。

「喔，他今天也來啦。」李警官的聲音很突兀地響起。「那個天才小子。」

「是他？」

「啊？」李警官這才反應過來自己一時嘴快，但既然如此，他乾脆點頭應道：「是啊，那個幫忙破案的男生。」

李警官想，反正沒爆出名字和家庭住址，不算知法犯法吧。

說起來，對未成年的Alpha和Omega個人資料嚴密保護並寫入法律，也是昊一父親著名的提案之一。

因為一樁暗網販賣未成年Alpha器官的案件，可以說，慘絕人寰。

有光明世界，自然有黑暗且不為人知的一面。

法律能做的就是盡可能讓光明驅散黑暗。

昊一抱起李警官交過來的卷宗，要帶回律所去。他晚上還有一節課要上，所以必須現在就動身返程。

Alpha之間，除非是從小就在一起，能忍受對方分化後的信息素，否則初次見面都不會有很好的感受。

沒有Alpha會把另一個Alpha視為可以深交的夥伴，就連昊一的父親有時都用一種看待

「對手」的目光看著他。

Alpha的世界裡，只有無止盡的競爭。

為了應對這樣高強度的競爭，昊一的任務規劃更是詳盡到每一分鐘，就像ＡＩ機器人那樣，高效率地執行任務。

「抱歉，我離開一下。」這樣說著的昊一，打開辦公室的門，在李警官不解的目光中，奔跑出去。

為什麼那麼想見到那個男生呢？明明才看了一眼而已。

昊一搞不明白自己的想法，可是這不妨礙他去追那個男生。

可是，不知道對方是感知到有另一個Alpha在，還是有急事，等昊一追出去時，電梯裡已空無一人。

不過昊一覺得，既然對方是Ｇ市的高中生，要找到人應該不難，畢竟這裡就七所高中。

但估計要等到開學才能再遇見他了。

就這樣，昊一像著魔似的，即便為論文、兼職等事情忙到翻，仍是會驅車去Ｇ市碰碰運氣。

可是，大概遇見那個男生就已用盡他全部的好運，所以他在那些高中裡都沒有看見那個男生。

出於保護隱私，學校從不會公開哪個學生是Alpha，即使問學生，也都說一年級裡沒有Alpha。

昊一以為自己會忘記對方，畢竟只有驚鴻一瞥，然而在夢中，他與那男生不僅見面了，還一起逛街、打遊戲，就像他和秦越一樣親密。

可夢醒時，理智告訴他：不一樣，這感覺和秦越相處時一點也不同。

因為他不會在夢中，想要牽起秦越的手。

他從沒這樣在意過一個人，勝過世間的一切。

生活在這不管什麼問題都能用手機尋找到答案的網路世界裡，他都忘了，其實人和人之間的距離一直都很遙遠，而要找到一個只見過一面的陌生人又談何容易。

秦越不知道他在忙什麼，只知道他魂不守舍。

而在尋找那個男生的期間，昊一無意中在G市被稱為地標的五星級酒店撞見父親外遇……所有糟糕的事情，似乎都朝他奔湧而來。

「我說你啊，別總是悶頭忙了，也該出來玩玩。」秦越打電話來。

非限定Alpha —— 米洛

「沒空。」

「我請你看電影。」

「沒空。」

「不管，今天放學來接我，順便把你當初考法學院的參考書帶給我。」

「唉……」昊一嘆口氣。「嗯。」

「就在校門口等我吧。你好久沒來，我們學校那些丫頭快想死你了。」

「唉……」聽這滿滿媽媽桑似的語氣，昊一繼續嘆氣。

「對了，我和你說過吧，我有新同桌了。」

「你還有事嗎？我在準備考試呢。」

「你真無趣，太他媽無趣了，你這樣可要單身一輩子的……你不知道我那新同桌有多可愛，他……」

「回頭見。」為防止秦越不斷騷擾，他把手機設為靜音。

他其實沒在準備考試，只是坐在圖書館外的長椅上，對著一棵松柏發呆。

膝蓋上放著的，是父親外遇對象的資料。

王依依，女性Omega，三十八歲。但資料中很多詳細的訊息，比如畢業院校、婚姻情況等都被塗黑，大概是父親不想讓人知道她的事情。憑他現在的地位，以保護Omega為由，將她的個資隱藏是輕而易舉的事。

但是昊一有種感覺，這個女人和父親的偷情關係，不是從最近才開始的。

「而你又在哪裡呢？」

腦中再次浮現那個男生皺著眉頭揉眼睛的樣子，長長的睫毛在陽光下閃著光……

好像只有想著那個男生的時候，心裡才能輕鬆一些。

下午五點，昊一驅車前往秦越的高中，那是一所私立學校。

學生們總是穿著精緻的西式制服，是本市的一道風景。

高出別人一顆頭的秦越出來了，笑嘻嘻地提著書包。

昊一原本站在車邊等，見他朝自己跑來，便幫他打開車門。秦越很興奮的樣子，邊上車邊說著什麼籃球賽絕殺全勝。昊一替他關門，然後走向駕駛座。

就在他上了車、打算發動的時候，眼角餘光瞥見一個男生也比別人高出一顆頭。

他從校門裡走出來，書包斜揹著，很是帥氣。

握著方向盤的手繃緊了，昊一覺得自己是不是在作夢？夢裡也確實發生過這樣一幕，他去接那個男生放學，對方笑著朝自己走來。

「你怎麼還不開車，沒油了嗎？」秦越打趣，接著吃驚地發現昊一的表情跟見鬼似的。「你怎麼了，考試考昏頭？」

「秦越，你看得見那邊的那個男生嗎？」昊一用自己都沒察覺的，激動到微微發抖的聲音詢問。

「哪個？」秦越順著昊一的目光看去。「喔，他啊，我的新同桌。」

「你的什麼？」昊一不敢相信地看著秦越。

「同桌啊，我不是在電話裡和你說過，這學期剛轉來的，叫蘇珞，王字旁的珞，他也是個Alpha哦。」秦越並沒察覺到異樣，對著後視鏡說：「不過還是我更帥一點吧，蘇珞他是屬於可愛那一掛的。唔，說一個Alpha可愛是不是會被打……」

昊一眨了眨發熱的眼睛，沒聽見秦越在說什麼，哪怕他就坐在自己身邊。

他能聽見的只有自己的心跳聲，怦咚！怦咚！激烈到無以復加。

「蘇珞……他叫蘇珞啊……」原來是轉學了，才會在G市遍尋不著。

昊一像是害怕再弄丟人一樣，眼睛眨也不眨地直盯著他看。

蘇珞在等校車來，瑰色的夕陽灑滿全身。他依然是揉了揉眼睛，然後望向馬路這邊。

在目光幾乎接觸到的一瞬，昊一緊張到幾乎喘不上氣。同時，就在這一瞬，所有的疑問都得到了解答。

他──喜歡蘇珞。自從見到蘇珞的第一眼開始，他就已經墜入愛河。

※

（好大的雨啊……）

蘇珞躺在溫暖的被窩裡，意識在夢中游離，似在搜索那段細碎的、閃亮的過往。

大雨劈啪劈啪地倒著，他站在教學大樓的廊簷下，撐開折疊傘，才發現傘骨斷了。

今天班上有幾個男生在打鬧，不小心把他的書包撞地上，還踩到了。他們有道歉，班長也訓了，原以為沒什麼問題，沒想到包裡的雨傘被踩斷了。

也是，那幾個可都是田徑隊的，腿腳特別有勁。

（沒辦法了……）

收起不能撐的雨傘，蘇珞打算把書包頂頭上。校車停在校門口，到點就發車。

就在他把書包頂頭上時，突然想起小時候的事。

非限定Alpha —— 米洛

是幼稚園放學，同樣的傾盆大雨，大概是天色太黑，小朋友們嚇得哇哇直哭。

而且他們全都揪著他的衣襬，這讓他很是不知所措。

大概因為他是唯一一個沒在哭的娃娃吧。

就在這時，撐著一把很可愛的皮卡丘雨傘的媽媽出現了，她身上有很好聞的味道，是甜甜的柑橘香。

她的出現不但安撫了一眾孩子，更救了小小的蘇珞。

媽媽牽著蘇珞往家裡走的時候，她溫暖的手掌、被雨水浸濕的灰色球鞋、道路兩邊被雨水澆透的石頭、小花、小草，甚至是路肩石，每一樣東西都像鐫刻般清晰，牢牢印在蘇珞小小的腦袋裡。他說不出那是種怎樣的感覺，只是不想鬆開媽媽的手……

『蘇珞，你在雨裡發什麼呆？』

一把大大的黑色雨傘遮上蘇珞的頭頂，他放下淋濕的書包，看向旁邊撐傘的人。

『班長……』蘇珞立時露出微笑。他不想自己看起來很脆弱。

『還在想英文老師說的話嗎？』秦越的聲音卻更溫柔了。

『沒有。』蘇珞維持著假笑。『又不是第一次被人說……』

——天生的暴力狂。

這是英文老師的原話。

起因是他撿起被撞落的書包後，英文老師正好路過教室。

他看著那幾個愣住的Beta男生和歪斜的課桌椅，問都沒問就認定是蘇珞打人了。

『還真是天生的暴力狂啊，一刻都不能安寧，是嗎？』

『老師，我哪有打架啊？』蘇珞習慣性地笑著。『是誤會啊，誤會～』

『你們，還不快向蘇珞道歉，都說了不許在教室裡奔跑。』秦越橫插進來，雖沒指名道姓，但顯然在打臉老師。

『蘇珞對不起啊！』

『不好意思，我們把你的書包撞地上了。』

一時間，幾個男生都在賠禮。

『就不該收這種突然轉學的Alpha……』這樣嘀咕著的男老師，轉身走開了。

『老師。』秦越正想追出去，和老師說個明白，卻被蘇珞拽住胳膊。

『算了，他只是有些敏感。』蘇珞搖頭。

新聞上，總有Alpha暴走後的傷人事件，而他多達六次的轉學紀錄，在不知內情的人看來，像極犯事後的退學懲罰。

非限定Alpha —— 米洛

有時候蘇珞也會想，爸爸是不是也害怕他，所以總是在外面出差？不是有句話說，超能力者，不管他做的是好事還是壞事，總是教人害怕。

『蘇珞。』雨幕的背景下，秦越輕輕嘆著氣說：『雖然你可能已經習慣，但我還是想說，就做一個讓老師討厭的人吧。』

『欸？』蘇珞看著班長。

『他會那樣看你，問題不在你身上，而是他想把你視為暴力犯，從而證明他不是一個因為膽怯而充滿歧視的人，所以你不需要在意他的話。不管是英文老師還是別的什麼人，都不可以定義你是怎樣的人。他們眼裡的你不是真正的你，你沒必要顧慮他們的感受，並為此感到抱歉。』

『班長……』蘇珞心底築起無數次的防線，竟在此刻崩潰，眼淚不自覺地湧出，像傘緣下的雨，滾落不停。

自從媽媽離開家以後，他已經很久沒哭過了。

『欸欸欸！』可能是沒想到蘇珞會有這樣激烈的反應，秦越大驚失色。『這這這怎麼辦！我沒帶紙巾啊！』

因為這句話，蘇珞破涕為笑。他用手背抹了抹眼睛說：『班長，我ＯＫ，沒事了。』

『真的？』秦越看起來心有餘悸。『你要有事，那傢伙非得宰了我不可。』

『那傢伙是？』蘇珞不解地看著他。

『其實吧……』秦越吞了口唾沫。『我剛才說的話都是昊一……』

『我知道。』蘇珞當然明白秦越不是故意弄哭自己的，他說的話都是一番好意。

『你知道了？什麼時候？』沒想到秦越看起來比剛才還要震驚。

『就剛才啊。』蘇珞不由得打趣：『班長對我的好意，不想我脆弱的小心靈受到傷害。』

『喔～你說的是那個「好意」啊。』秦越的肩膀頓時鬆垮下來。『搞半天，我們在跨服聊天。』

『嗯？』

『弄錯了也好。』面對蘇珞的疑問，秦越皺鼻一笑，搞怪似地說：『有些事，不是本人發現就沒有意義了。』

蘇珞盯著秦越的臉，忽然想：班長他……不不不會是喜歡我吧？

在床裡躺得像睡美人一樣的蘇珞，突然暴走。

非限定Alpha —— 米洛

他睜開眼，帥氣的五官都糾結成痛苦的表情符號。

（喜歡、喜歡我個鬼啊！）

無聲哀號中，連耳根都紅透，他把滾燙的臉埋進枕頭，又因為尷尬得快要離開宇宙，抱著枕頭滿床翻滾。

（瘋了，瘋了啊，家人們。）

他的腦袋裡像安裝著大喇叭，對身體的各個角落喊話：「是昊一，真正讓我心動的人，是昊一啊。」

不知道是不是這個念頭太過駭人，蘇珞甩開枕頭，繼而用雙手揉搓著臉。

「不不不，我要清醒一點。」蘇珞對著自己義正辭嚴。「我喜歡的是秦越，不是昊一，因為……」

他放開揉得發疼的臉孔，像在解析程式一樣，兩隻手不停在半空中比劃。

「一個人……一個Alpha，喜歡上一個Alpha，已經是很不可思議的事，又怎麼可能在此基礎上，再去喜歡另一名Alpha？」

這和自己是不是同性戀沒有關係，卻和自己的Alpha身分大有關係。

曾經有直播主科普，為什麼在同性婚姻都合法的年代，很少見兩個Alpha在一起？明明兩個大帥哥很養眼啊。

答案是，基因和信息素註定兩A必定是對立且相抗的。

所以基情滿滿的ＡＡ戀只存在於小說或影視世界裡，以一種「突破性」、「唯一性」的美好讓大家無比嚮往。

蘇珞以前沒有想太多，也沒有給自己設下同性戀或異性戀這樣的標籤，他覺得自己就是自己，喜歡秦越，那就去追求，就這麼簡單。

可現在完全不對了。

「渣男……原來我就是網上說的那種，花心劈腿的大渣男嗎？」

蘇珞整個人愣住，繼而坐起身。

「不，我不要做渣男！」蘇珞把枕頭揣在懷裡，恐慌極了。「哪怕剃光頭髮去做和尚，我也不做渣男！」

可是，腦袋裡浮現出昨晚與昊一熱汗淋漓的纏綿。

易感期的自己，第一次沒靠抑制劑強壓，而是被昊一很好地撫慰了。那種銷魂蝕骨的快感，怕是再投胎一次也能記得。

『啊、再深一點，還想要……』

非限定Alpha —— 米洛

回想扭著腰，求著昊一的手指更深入自己……

「咦咦咦咦！」像是被扼住喉嚨的尖叫雞，蘇珞羞得渾身發抖。「我說的都是些什麼鬼！等等。」

他愣了愣，自言自語：「這都開過葷了，寺廟還能收我嗎？」

「又不是大年初一，去什麼寺廟？」昊一就立在臥室門旁，環抱著胳膊，勾唇一笑。

「欸，你怎麼在這？」蘇珞瞪圓眼睛。他以為昊一早就走了，沒理由還不走啊。

「我在這站半天了。」昊一唇邊的笑意漸深。

蘇珞愣了愣。那他全都聽見了？那句「喜歡的是秦越」，還有「渣男」什麼的……

「我本想叫你吃早飯的，看你這麼入神，沒好意思打擾。何況……」昊一頓了頓，「風景不錯。」

「嗯？」

蘇珞低頭——我靠！

他還光著屁股呢！

也就是他在這翻來倒去的裸體秀，全被昊一看在眼裡，要不他一臉的壞笑。

「你過分了啊。」這樣說著的蘇珞，扯起床單一直裹到腋下，無奈床單太大，他下床時磕磕絆絆的，卻拒絕昊一靠近。「走開……啊。」

話音未落，他就自己先滾到地上，床單纏住他的大腿跟小腿，讓他長了一條和美人魚一樣的大尾鰭。

昊一走過來，彎腰笑說：「這是哪來的美男魚呀？」

「你笑屁，快拉我起來！」

蘇珞面紅耳赤，卻不忘雙手抱胸，生怕胸前兩點也被昊一偷看去了。

只是，這姿勢倒給昊一的公主抱行了方便。

他「嘿咻」一聲，抱起從頭紅到腳，儼然像隻熟透蝦子的蘇珞，走向餐廳。

事實上，蘇珞在臥室裡時，就聞到一股饞人的香氣。

昊一把他放在椅子裡，面前的餐墊上，擺著濃郁的牛奶粥、煎餅和切成花的香腸。

饑腸轆轆的蘇珞，臉上不覺露出笑容，但很快又抿緊嘴唇，一副我不饞的樣子。

「不用謝我，食材都是你冰箱裡的。」昊一就坐在邊上，兩人的胳膊挨在一起。

「這是六人桌，你非得貼著我，不熱嗎？」蘇珞立刻抗議。

「因為我很高興。」

非限定Alpha—— 米洛

「高興我沒趕你走嗎？」蘇珞看向昊一。

「蘇珞，我知道你喜歡秦越，可是你煩惱的時候，也有考慮到我。」昊一是真的開心，眼裡的光騙不了人。「對我來說，這就足夠了。」

這這這……蘇珞有救助流浪動物的經驗，看著昊一此時的表情，像極收容所裡等待領養的小貓咪，楚楚可憐得讓人心肝俱顫。

這算什麼，以退為進嗎？

（該死，他的段位好高！）

蘇珞瞇起眼，心想可不能信昊一的茶言茶語。這傢伙就是頭大野狼，能把自己給生吞。

往嘴裡塞著煎香腸的蘇珞，猝不及防地愣住，兩眼瞬間睜大。

「唔！」嘴巴裡大口嚼著，蘇珞搖了搖昊一的胳膊，驚喜地看著他。「真好吃！這真的是我冰箱裡的香腸？」

「嗯，你試試捲餅。」昊一熱心地幫他切開。

蘇珞才吃了一口，就連連點頭說：「嗯，這個也好吃。原來酥油餅皮是要捲起來做的啊，鄰居姊姊送我時說很好吃，可我嘗試做了一下，和啃紙一樣……」

「不捲也可以，我下次教你做吧。」

「好……好什麼好，我沒空！」

蘇珞突然回神，拒絕還有下一次，然後低下頭，默默進行清盤行動。

不知為何，他竟覺得是自己太彆扭了，昊一只是說教他做菜而已。

普通朋友之間，也會一起做菜啊。

「蘇珞。」昊一突然用胳膊肘撞一下蘇珞，蘇珞手中的勺子一晃，差點用鼻子喝到粥，頓時沒好氣地瞪著他。「又幹嘛？」

「我喜歡你。」昊一微笑著，注視著他說：「很喜歡你。」

一定是牛奶粥太燙了——蘇珞想，要不自己怎麼會渾身發熱。

揉著發燙的耳朵，蘇珞故作無事發生。「咦，剛才是有人說話了嗎？我反正沒聽見。」

昊一笑了笑，伸出一隻握成拳的手，擺在蘇珞的面前。

「這什麼？」蘇珞不解。

「你不是一直想要看嗎？」

昊一的聲音既溫柔又蘇氣滿滿，撩撥得蘇珞的耳朵癢癢的。

「我想看……」

蘇珞剛想反問「我想看什麼了」，腦袋裡立刻蹦出那張粉色情侶便箋。自從離開火鍋店，他就一直好奇昊一到底在便箋上寫了什麼，要寫那麼久，只是沒好意思問。

「在給你看之前，我想先問你一個問題。」昊一微笑著說：「很簡單的。」

「很簡單那就別問了。」蘇珞伸手去搶，但昊一動作更快地把拳頭往回一收。

蘇珞沒搶著，只得擺爛：「我不看了，還不行嗎？」

「那就不看吧。」昊一還真的把便箋往褲袋裡收。

「昊一！你欠揍啊！」蘇珞按住他的手腕。「你到底要問什麼？」

「如果我說，世界上最遙遠的距離不是生與死，」昊一問得相當認真，「你會怎麼想？」

蘇珞愣了一下。「就這？」

「嗯。」昊一點頭。

「呵，我以為是什麼呢。」蘇珞暗自鬆一口氣。他剛才不想答，是擔心回答不了昊一的提問，比如，能不能給他一個機會之類的。

說實話，他不知道。

就像不知道事情怎麼會發展成這樣，囫圇吞下後，還沒來得及消化。

可是，當知道題目很好答時，他心裡又有些不爽了。

蘇珞歪了歪頭，就覺得自己奇奇怪怪的。

「你知道答案？」昊一顯得很意外。

「當然。」蘇珞下巴一抬，得意地說：「世界上最遙遠的距離不是生與死，而是你親手寫的BUG就在眼前，卻怎麼也找不著它。」

說完，大概是代入感太強，蘇珞又扁了一下嘴，委屈巴巴地說：「這話真傷感。」

「……」

昊一看著蘇珞，一張帥臉都靜默成哀傷的表情符號。

「不對嗎？」蘇珞感到意外。「我看大家都是這樣說的。」

這個「大家」指的是程式設計師群。群裡的鴨哥可是段子手，這句話他一天之內要說好幾遍。

「沒有。」昊一溫柔地笑著。「我還是有預料到的。」

這句話的原文應該是：「世界上最遙遠的距離不是生與死，而是我站在你面前，你

作者 米洛
插畫 黑色豆腐

非限定Alpha

遇見你，真的很美好！

台灣角川

非限定Alpha——米洛

卻不知道我愛你。」

昊一本打算只寫前半句，以暗示蒙在鼓裡的蘇珞。

但在提筆時，他猛然想起某天在圖書館裡找書時，聽到一個女生抱怨他的資工系男朋友一點也不浪漫，怎麼暗示都聽不懂。她的朋友就說，理工科都那樣，寫程式的更是鋼鐵直，和他們說話得直截了當，不能搞婉轉暗示那一套。

這也是昊一第一次貼著圖書館的書架，偷聽別人談話。

而當他走出來，想要向女孩們請教一些問題時，她們像受驚的兔子，竟然都跑掉了。

又過了幾天，那女生和資工系男友分手，跑來向昊一告白，說對他一見鍾情。

昊一當然拒絕了。

「所以，你到底寫了什麼？」都說好奇心殺死貓，蘇珞這會兒忍不了了，直接上手掰開昊一略略握著的拳頭，拿出便箋。

『我昊一，暗戀面前這個叫蘇珞的Alpha。他太可愛了。他會知道我喜歡他嗎？』

這句話，昊一重複寫了六遍，直到便箋寫不下為止。

蘇珞愣在那，臉孔漲得通紅。

其實他有猜到昊一可能寫「喜歡」之類的，可是猜到與親眼目睹的感覺截然不同。人生中的第一封情書，竟然如此袖珍又可愛。

他的心怦怦跳著，都有些羞於看昊一的臉，嘴上卻回得硬氣：「什麼嘛，一點意思也沒有。」

「確實如此。」昊一伸出手捧住蘇珞的臉，將他轉過來，看向自己。「蘇珞，做我男朋友吧。」

※

「什麼是TopCoder？」

電腦課上，滿臉寫著「我享受我的工作」的三十七歲電腦老師高強，用PPT演示TopCoder的名詞解釋。

今天的課程主題是電腦程式演算法競賽介紹。

學校設有編程團隊，叫做「Lara」，取自老師心中的女神，經典遊戲《古墓奇兵》的女主角名。

蘇珞是編程隊的主將，當初為勸他加入，老師甚至說可以把「Lara」改成「蘇神」，即蘇珞才是團隊的神。

然而，男人的嘴騙人的鬼，蘇珞加入後，高老師便對此事失憶了。

蘇珞倒也不在意，他原本就是為參加老師的特訓，才進入團隊。

學校作為私立高中的表率，對師資極為重視，在蘇珞以為新學校的電腦課也只是集中在辦公軟體應用，如Word、Excel等，或者Photoshop設計軟體，這些其實與電腦專業並無關係的內容時，這位高老師就給他一記王炸，第一堂課就是測試，計算TVDI（Temperature Vegetation Dryness Index溫度植被乾旱指數）。

考核關鍵在於理解最小二乘法擬合直線的基本原理，並要求學生給出「形如y = a*x + b的線性回歸計算a，b係數以及r^2的最終計算公式」。

老師還解釋說，這是某公司一個專案涉及到的一個計算。

面對顯然超綱的考題，蘇珞答覆給老師的程式碼有五十八行，即最小二乘法擬合直線C++程式碼，也是全班唯一能反炸老師的。

後來才知道，這位擁有資工碩士學位的老師，一早得知他電腦成績很好，在這挖坑等著他呢。

難怪老師美滋滋地演示他寫的程式時，其他同學都是一臉的「不明覺厲」。

「TopCoder網站成立於二〇〇一年，為的就是讓程式設計師自我挑戰，該站除一年一次的錦標賽外，每個月都有兩到三次線上比賽，並根據比賽的結果對參賽者重新排名。」高老師在講台上賣著安利：「它帶給你的不僅是獎金和榮譽，還有進入世界頂級ＩＴ公司的敲門磚，比如Google、Intel……」

然而這些富家子弟顯然對獎金和為人搬磚都沒有興趣，拿著學校配置的高檔筆記型電腦寫數學作業、法語考卷，還有寫同人本子、刷娛樂八卦，總之大家都不在一個頻道。

「今天給你們的作業就是完成TopCoder的註冊，網址在這裡。」高老師說：「瞭解上面的區塊設置，有興趣的同學也可以在上面做一下測試題。」

「也沒指望你們能像蘇珞同學那樣，寫最野的程式，賺最多的獎金，拿最高的榮譽。」高老師說到激動之處，還拍撫著胸口，哽咽道：「老師真的是……知足了！」

何況蘇珞還是自學成才的，印證他時常掛在嘴邊的教育理念：只有電腦是完全可以自學的。

講台下的回應零零落落，看著那一雙雙都不願意離開螢幕的眼睛，就知道他們壓根兒沒在聽課。

非限定Alpha——米洛

電腦課只要及格就可以，不及格也不會影響畢業和升學，還不如Alpha和Omega的健教課有人氣。

這種時候，老師看向坐在最後一排的蘇珞——是時候用優秀同學來治癒一下自己了。

只見蘇珞戴著一副無框眼鏡，那是防藍光用的，不是近視眼鏡，Alpha的視力都很不錯。

而每當他戴上這副眼鏡，就是沉浸於寫程式的時刻。

就像美術系學生瞻仰米開朗基羅的大衛雕像，高老師帶著迷之微笑看著蘇珞，心潮更是澎湃。

（啊，看看他啊，就像大衛一樣年輕、英俊，有著一顆執著於事業的美好心靈。他的眼神總是那麼堅定自若，真正的Top Coder！我的至愛……蘇神！）

高老師用衛生紙擦了下鼻子。

（不過，今天蘇神的表情特別凝重呢，在寫什麼神仙程式嗎？好想去瞄一眼，會不會打擾他……）

還記得第一堂課的考題，確實是某工程放在網站上的計算題。他用蘇珞寫的程式碼小賺了一千……

「唔！」電腦螢幕後，蘇珞同樣拿著衛生紙擦了下鼻子。不知道是不是感冒的前兆，老想打噴嚏。

都怪昊一說了奇怪的話，害他晚上怎麼也睡不著，哪裡都不對勁。

本想著等週一看到班長的臉，自己那顆不對勁的腦袋一定能恢復正常，可沒想到班長家裡有事，請假沒來。

想見的人沒見著，不想見的昊一卻不停在腦海閃現，和編程編上頭，分不清今夕是何夕一樣。

歷經一上午的數學、英文、物理、化學課，下午這一節是電腦課，還以為能喘口氣，結果……

從上課到現在的二十分鐘裡，他就是集中不了精神聽課，本想輸入TopCoder的網址，卻鬼使神差地開始搜索：

『什麼是男朋友？』

『男朋友有什麼用處？』

『什麼樣的男朋友是合格的？』

和他自學編程時用的方法不能說毫無關係，只能說一模一樣。

Step1——問題的本質是什麼？

Setp2——它的知識結構？

Setp3——它的實例是什麼？

其實在追求秦越時，他的目標就是告白。

因為沒有把握可以告白成功，所以還沒想到「男朋友」上去。

可是，當昊一提出「做我的男朋友」後，原本清晰的腦袋突然就迷惘了，他竟然覺得「男朋友」是那麼深不可測的存在，不是自己原先想的那麼簡單。

而昊一提出的問題，本質上是沒問題的。

有問題的是，不但沒有拒絕昊一，還回覆說「不知道」的自己。

太他媽渣了。

像極他正在瀏覽的網頁上所寫：『玩曖昧是最差勁的，說是搞不清自己的心意，其實就是想劈腿，腳踏多條船的渣男。』

蘇珞覺得無數個「渣男」箭頭穿透螢幕，狠狠戳向自己。

「我不是，我沒有，我都說了我喜歡秦越……」蘇珞不安地撥弄著滑鼠滾輪，他喜歡的是秦越，可現在滿腦子都是昊一。

昊一的勾唇淺笑，昊一的垂眸神傷……明明是個頂A，卻有種清冷的易碎感。易碎而純淨。

像在月色下散發著微光的冰片。

在熟悉昊一之前，對他的印象明明只有「狂跩酷炫屌炸天」，還超級有錢。感覺整個世界都被他踩在鞋底，睥睨一切、又跩又冷，讓人超級不爽。

現在則大為改觀，原來他其實很溫柔，也沒有那麼高不可攀。

「不過嘛，屌是真的炸天。」蘇珞不自覺想到前天晚上，像要回饋昊一一般，在性慾亢奮的時候，自己伸手摸了「昊一弟弟」。

他把兩根「弟弟」一起併攏在自己的手掌裡，腦袋裡想的全是：這傢伙在體檢時，醫生也會咂舌吧。

不只是大，還很帥氣——雖然蘇珞不知道用帥氣去形容一個男生的「弟弟」對不對，就昊一若是要求他口的話，他應該、大概、可能……不會拒絕。

「啊啊啊啊啊！我在想什麼亂七八糟的東西！」

蘇珞揉捏著額頭，卻依然臉孔爆紅。怎麼可以在上課的時候，滿腦子黃色廢料呢！

「不對不對，我的思考方向錯了。」蘇珞深吸一口氣，再次滾動滑鼠。「現在的問題不是男朋友的性質，而是怎麼把昊一趕出我的腦袋，讓一切恢復正常。」

他鍵入：『intitle：對某人下頭、脫敏。』

這是精準搜索，完全定位到想要的資訊。

網頁很快給出答案，不過版塊來到娛樂圈。

文章顯示，一對螢幕CP很有夫妻相，在粉絲對他們的戀情嗑上頭時，有一方澄清說他們只是好朋友，讓CP粉很下頭，紛紛脫粉。

隨後，澄清的那一方就被人扒出許多黑料、醜照，脫粉的人更多了。

「簡直腥風血雨啊。」蘇珞看得頭皮發麻，不過腦中靈光一閃——也就是說，多看黑料有助下頭。

昊一的黑料嗎？比如醜照？蘇珞眉頭一挑，說幹就幹，劈里啪啦一通操作，順利登入法學院的學生才能使用的內部論壇。

蘇珞也是第一次這麼積極地去找別人的八卦。

「這什麼？」蘇珞很快發現多達二、三十個學習小組，不知道為什麼主樓裡貼的都是昊一從各種角度偷拍的照片。

有昊一上課寫筆記，在講台上幫教授整理教材；有昊一在學校內的咖啡店點餐，後面跟著一群女生；他走去教室的路上，身後也都是拿著手機拍照的人。

可以說，只要他露臉，就沒有人不拍他。

「這樣是可以的嗎？」蘇珞眉頭皺起，瀏覽起論壇內容。

『今日份的昊一學長，啊～好帥啊，不枉費我吐血考上法學院。』

『說實話，拍昊學神真的很輕鬆，因為不用修圖、不用濾鏡，連角度都可以隨意選，這逆天的顏值啊，就是這麼耐打！』

『還是最喜歡看他踢球，那雙腿可饞死我了～』

『樓上是我沒錯了。』

『一人血書，求昊一學長加入足球隊。』

『樓上姊妹，游泳隊才是最香的。』

『啊啊，泳褲Play太刺激，我怕我受不了，當場懷孕。』

『膚淺的Omega啊，昊一學弟站講台上，那一臉的禁欲才夠騷。』

這些留言頭像用的都是昊一照片，就像連連看一樣，還顯示「匿名」、「路人」，蘇珞看得都分不出到底誰在說話，反正就是很不爽。

「這是什麼學習小組，一點和學習相關的內容都沒有。」

正說著呢，就看到有人回覆：

『還是得努力學習，這才是接近昊學長的唯一途徑。』

『你不好好學習，連和昊一學長的共同語言都沒有。』

這句話的後面貼著一張滿是法律文獻的照片。

蘇珞想反駁，但一想確實如此，昊一十九歲就已經是AO法學系的博士生了，而自己十七歲還在念高二。

除非自己跳級，而且還是那種全滿分的學神，不然和昊一真的沒有相交的圈子。

普通人要接近昊一這種級別的Alpha，似乎只有靠學習這條路了。

「想什麼呢，我也可以不接近他啊，我是來『下頭』的耶！」

蘇珞關掉這些學習小組討論串，又翻到一個非常熱門的帖子，同樣是昊一主題，裡面曬的都是昊一每日的穿搭，還給出品牌、價格、還有五星好評。

「不得不說，他衣品挺好的，很會穿搭。」

蘇珞很喜歡昊一戴在耳朵上的小蛇耳環，在接吻的間隙，看到那條在昏暗中微微發光的銀色小蛇，心跳會加快，情動似的。

「啊啊啊啊，我不是，我沒有！」蘇珞的臉孔再次火熱，飛速關掉穿搭帖，去別的地方逛逛，但是哪裡都有昊一的頭像，而且都帥得逼人。

這哪是法學院的學生論壇，根本是昊一的粉絲福利站，帥氣的照片和影片多到得批量儲存。

不過就像哪裡有粉絲哪裡就有黑子一樣，蘇珞刷得多了，發現一個豎中指頭像的人總是在一些熱門帖裡穿插爆昊一的黑料。

『你們別被他騙了，他是瘋子！』

『瘋批美人攻，爽爆好嘛！』

有人回嗆，但更多人是舉報他，導致帳號被封。

但是那人孜孜不倦地換號再來，像是有用不完的小號。

『你們知道他以前被關過特殊病院嗎？』

「什麼？」蘇珞一愣。進過特殊病院，意味著Alpha完全無法控制自己的信息素，處於狂暴且極度暴力的狀態，對社會而言，就像極不穩定的炸彈。

蘇珞見過那些宣傳影片，極度危險的Alpha不但要穿束縛衣，還要長期注射藥物治療，就算出院也會受到嚴苛管制，如果是少年，就只能念有警備的特殊學校。

『他能在社會上混，全賴有個好爸爸。』

『他媽也討厭他，誰和他親近，都不會有好下場。』

「這什麼狗屁玩意兒！」看著那人把身為頂A的昊一描述得十級恐怖、人見人嫌，蘇珞頓時一肚子氣。

那人正在線，大唱特唱昊一是整容臉，鼻子和下巴都動過刀子，相當囂張。

「還真以為馬甲是脫不掉的嗎？」

蘇珞一個沒忍住，就把那人套了N層厚的馬甲給掀了。

他一般不做這種事，太幼稚了。

然後，他就現場觀摩了一場轟轟烈烈的掉馬甲事故。

那人竟是獎學金第二名獲得者，男性Beta，家裡開著律師事務所，平時拚命巴結昊一，想要套他爸爸這層關係。

而且他就是論壇管理員，屬於公器私用了。

沒想背地裡竟然這樣亂潑髒水，又或者昊一是知道的，只是懶得理而已。

『我操，這是什麼騷操作啊，太搞笑了吧。』

『我就說黑學長的人，一定是嫉妒學長，果然如此。』

『別解釋什麼不是你發的、帳號被盜了，還是乾脆點，切腹吧。』

『哈哈哈，到底是哪路大神做的啊，管理員的馬甲都能掀？』

『這難道不屬於侮辱誹謗罪？開門，接律師函。』

蘇珞一臉燦笑，看著眾人的唾沫星子淹死這小人。

心情大好之下，鼻子也不堵了。

「就該這樣。」蘇珞樂滋滋地點開昊一的照片，忍不住用滑鼠戳他的臉頰。「你不是很厲害嗎？被人黑那麼慘也不反擊，是留著想讓我來替天行道……等下，我在幹嘛？」

蘇珞後知後覺，說好的下頭，怎麼好像更上頭了？

「哎！」

蘇珞煩躁地搔搔頭，關掉所有網頁。這不對勁啊，很不對勁。

嗡嗡……手機突然震動，新消息來了。

「班長？」看到訊息顯示「秦越」，蘇珞立刻點開。

『蘇珞，我覺得昊一可能會出事。』

「什麼？」蘇珞背後一涼，立刻回覆：『他怎麼了？』

『上週我們一起去調查一件案子，具體什麼案子我不清楚。』即使透過螢幕都能感覺到秦越的語氣焦灼。『總之因為這件案子，我被壞人盯上了。我爸知道後，怎麼也不放我上學，說要再調些保鏢給我。』

就是那些追昊一的人嗎？蘇珞立刻想到前幾天的事，但沒想到連班長也牽扯其中。

『昊一這小子膽子是真的大，他今天居然又跑去調查那棟房子，而且我怎麼打電話都聯繫不上他。』

『有定位嗎？』蘇珞兩眼緊緊盯著手機螢幕。

『有，我發給你，房子在郊區，那地方是新開發的，沒什麼人……你一定要小心。』秦越附上定位圖。『我本想報警，但昊一不准。不知道什麼原因，他以前從不這樣冒進的。』

蘇珞起身，抬頭看著講台上的高老師道：「我要請假！」

「欸？」高老師愣住。「什麼情況？」

「我肚子疼。」蘇珞拿起書包和手機，電腦也沒關，飛奔出教室。

「這是要拉褲子上啦？跑那麼急。」老師來到蘇珞的桌邊，不由得睜大眼。「這什麼？」

只見電腦桌面上滿滿的照片和資料，都是關於一個名叫「昊一」的人，蘇珞竟然還整理出一個ＰＰＴ。

「不是吧，他也開始追星了？」高老師撓頭，還不忘朝著教室外喊：「可別啊，蘇珞，你不能綠了老師啊！」

※

『你爸爸有外遇，你知道嗎？』

三個月前，暑假的時候，昊一暗中調查父親的出軌對象，可是除了知道她是個Omega和長相之外，其他一無所獲。

她的姓氏、指紋、留在飯店監控中的影像，都被刻意抹除了。

她像是電影裡的殺手，可以遁形法網之外。

而且隨著調查的持續，昊一隱隱覺察到一件事。

或許那日在飯店，會看見父親在保鏢的包圍中緊攬著那女人的腰、走進ＶＩＰ電梯，並非偶然。

可能是有人誘導他去發現。

那個人顯然很瞭解昊一父親，也知道他最近一直在尋找一個Alpha少年。

昊一不知道那人的用意，但覺得那人既然能做到這麼多事，就不會忍著不現身。於是，昊一假裝自己已經不在乎父親外遇的事，照常忙於學業和兼職。

五天後，一個男人找上門來。

二十七、八歲的Beta，個頭不高，面相硬朗，戴著一副黑框眼鏡，看著斯斯文文。在深夜空無一人的法學院資料室裡，男人把昊一粗魯地攔在書架前。

面對他興師問罪般的質問，昊一保持沉默，男人更著急了，怒道：『你那天不是親眼看到了嗎？你父親摟著別的女人！』

『那又怎樣？』

『那又怎樣？你認真的嗎？』

相較於昊一的冷淡，男人點炮似地爆炸，他激動得連比帶劃，聲音也拔高了。

『昊翰林──昊大法官！那個站在神壇上的男人，至高無上的人間審判者！樣貌、智慧無一不缺，是這世間至臻完美的Alpha！可是！他竟然偷偷包養小三！和那些市井下三濫有什麼區別？這事要是曝光出去，有多少人的信仰、三觀會徹底崩塌？』

『看不出，你還是他的腦殘粉……』昊一打量著他。

『我不是！』男人駁道，鏡片後的眼睛一下紅了，顯得義憤填膺。『我曾經是……

像你這樣出生在羅馬的人，不會知道我們這些貧寒學子得多努力，甚至賠上全家人的努力，才勉強夠格踏上去羅馬的路。昊翰林法官也是平民出身，他的存在對我們來說就是燈塔……』

『我承認教學資源是有限的，而優質的教學資源總是向有錢人傾斜，也不否認你過去的勤奮刻苦。』昊一忍不住打斷對方：『但對我來說，你依然是個陌生人，如果你想繼續對我宣傳昊法官對你的重要性，請出門左轉直走，在公眾辯論廳你會得到很多熱情回應。』

『我知道了！你別走！』男人急了，這才開始自我介紹。

原來他叫李瑋，曾經最期望的是能跟在偶像昊大法官身邊學習，也確實成功當上昊大法官的實習助理。

但法官身邊能幹又有背景的人太多，三十多位實習助理，他能分到的工作只有一項，也是他很擅長的「撰寫公文」。

他每天在辦公室就是接收來自祕書室的各種材料，將它們分類整理，把法官判定過的典型案件、說過的金句、對政策理論的見解統統消化後，重新謀篇布局、潤色詞句，再提交法官祕書審核。

因為文章品質高，所以極少會被打回重修，也得到昊法官親口稱讚，他留在法院工作的機會很大。

就在那時，在收到的一份資料裡，他看到了奇怪的東西。

一份高級公寓的所有權變更紀錄，房產買賣易主並不奇怪，可這上面變更得極其頻繁，甚至一週內三度易主。

紀錄上的業主大多是女性，他不查不知道，一查嚇一跳，竟然都是銀行、房地產公司等高層們的太太，甚至還有他們的孩子、親戚等。

而且這一張紙顯然是不小心混進文件中。李瑋立刻想到前段時間，他在員工聚餐上，聽到一個來頭不小的同期說：『一個人買房賣房炒房價，那要多久才能發財？真正聰明的人會選一個代表做房產業主，其餘人只需要出一部分錢，共同買下這間房子。然後餘下的錢就能去買第二棟房子，以此類推，這樣你原本只能買一間房的錢，一下子便能買好幾間，等房價漲了，你想賣，可以把你手裡的那部分轉賣給別人，還不用交稅。這樣循環的話，哪怕手裡沒有太多錢，都能在短時間內成為富翁。』

『那不就像合夥炒股一樣，是不能的吧。而且你出錢讓別人做屋主，萬一對方不認帳怎麼辦？』

『就是說啊，這樣的買賣，操作起來漏洞也太多了。』

周圍人只是笑著，合夥炒房實際操作難度大不說，法律上也不允許這樣惡意推高房價的行為存在。

李瑋是初生之犢不畏虎，發現所有權變更紀錄有問題之後，當即向高層舉報，認為這些人存在非法炒房的嫌疑。

然而上面回覆說，查無此事。

接著他就被蓋上莫須有的失職罪名，被掃地出門。

隨著他被逐出法院，這件事就像從未發生過一樣，不僅收到他爆料的媒體沒任何反應，連他崇拜的昊大法官也說：『司法看的是證據，而你提供的只是一張印錯的紙。』

李瑋不死心地繼續調查，半年後，意外發現名單上那個擁有最多房產交易紀錄的「王依依」，竟是昊大法官的情婦。

他一時竟不知道是被媒體稱作「模範丈夫」的昊大法官背叛家庭比較令人震驚，還是他縱容情婦貪腐的事。

『王依依不僅是昊法官的情婦，更是他的命定Omega。』李瑋慎重其事地說。

昊一的眉頭不覺擰起。這個看來神經質的男人，卻一下戳中他內心最糟糕的猜測。

非限定Alpha——米洛

Alpha唯一無法抗拒的人、他們的死穴，便是被稱為「命定之番」的Omega。

那是Alpha命中註定的靈魂伴侶，一生尋找的羈絆。據說大部分Alpha直到生命終結，也不會遇到命定之人。

然而，只要遇上了，就如天雷勾動地火，強烈的情感爆發讓他們的眼裡再也容不下除了對方以外的人，甚至包括配偶和孩子。

若非這樣，父親怎麼會賭上他的一切出軌。

『說真的，』李瑋繼續道：『這讓我第一次覺得身為Beta是多麼幸運的事。我沒有發情期的困擾，更不會因為Omega而失去理智。』

『但是昊一，我們不能就這樣拋棄昊大法官，他會走錯路，是命定之番的勾引所致，都是那個惡毒的女人教唆你父親，做出背信棄義的事！』

李瑋越說越激動，布滿血絲的眼睛瘋狂地盯著昊一。

『只要你爸爸離開王依依，他還是那個縱然世道分崩離析，也依然為人稱頌的好法官。』

昊一那會兒想的是：『那我的媽媽呢？』

她就該接受一個婚內出軌，還假裝無事發生的混蛋丈夫？

不管是出軌的實證，還是違法的證據，他都會找到的，然後，再與父親來一次清算吧。

即使這很難，真的很難。

※

昊一再次來到他和秦越一起偷拍過的豪宅。

和那天不同的是，屋裡屋外的傢俱全被搬了個乾淨，只剩監控設備，就彷彿這是一棟待售的新屋，不曾有過主人。

昊一知道自己阻止不了父親派人清場，又一次抹除「王依依」的痕跡。

說也奇怪，他和父親從未就此事有過面對面的對質，卻也因為此事有過多次交鋒。父親派保鏢圍堵他、銷毀證據，他則是一次又一次地追查到王依依的下落。

就像平靜的冰面下，暗潮洶湧。

「不過，這次搬得可真倉促。」

昊一走遍每一個房間，最後站定在客廳水晶吊燈的下方，環顧只剩下壁爐和牆紙的偌大客廳。

為求盡速搬空，搬遷方式簡單粗暴，實木地板和絹絲壁紙上都留下刮擦、碰撞的凹痕。

壁爐是歐洲鄉村風格，很大，由漂亮的褐色石頭堆砌而成，一直通到天花板。

又白跑一趟嗎？昊一看著壁爐想，接著注意到壁爐上方有一層石板架，它的位置比他的人還高，當然，上面也是空的。

昊一猜測，石板架上之前放的不是藝術擺件，就是花。

抱著地毯式搜查的想法，昊一伸長手，搆到那塊長條板，從一邊開始，擦拭般地往另一頭摸。

有灰塵、粗糲的石板質感，在快要摸完，確定石板架上面什麼也沒有的時候，指頭一個打滑。

——是類似紙張的東西。

昊一以為自己摸到的是紙片，類似便利貼，摸下來一看，竟然是照片。

撕得只剩半張的照片。

照片有些褪色，像是手機拍攝後，再以家用印表機印出來的。

照片中，王依依坐在像是公園的長椅上，但她沒有看向鏡頭，而是望著不遠處幾個在玩溜滑梯的小孩。

她臉上帶著甜甜的笑，比現在要年輕得多，二十出頭的樣子。

照片的另一邊，也就是王依依的不遠處，還有一個人，但是被撕掉了，只剩半邊藍色的男士襯衫。

這人是誰不得而知，不過昊一注意到，王依依坐著的長椅上，放著一柄明黃色的兒童雨傘，還是皮卡丘的圖案。

她有孩子？

Omega的生育能力很強，而且結婚都比較早，會有孩子也不奇怪。

（不會是……）

昊一不覺用手指撚過那幾個溜滑梯上的孩子，有男孩也有女孩，雖然不太清晰，但能感覺到他們玩得很開心。

（難道我還有個同父異母的弟弟或者妹妹？）

這想法著實驚到昊一，而且大概基於明黃色雨傘的關係，他直覺那是個男孩。

如果是這樣的話，事情會變得更加不可收拾。

非限定Alpha——米洛

正當昊一專注地看著照片時，屋內的無聲警報早已通傳保全室，一道手持長木棍的身影悄然無息地出現在他身後。

說時遲那時快，昊一像預感到什麼，猛地轉身，將那舉著木棍的手腕一把擒扣，並往右一扯。

「靠！」

來人被扯得前撲，臉孔直撞向粗糲的石頭壁爐，這時他的手腕又被往左一帶，成功投入某人敞開的懷抱。

棍子這才掉落地面，發出「咚！」一聲響。

「好險呢。」昊一左手一摟蘇珞緊窄的腰，手指隔著校服在那最瘦的腰眼處輕輕一握。「差點就破相了，不怕不怕。」

「我怕個毛！」蘇珞抬起那張氣紅的臉，瞪著昊一。「我好心來救你，你他媽想摔我！」

「我只瞥見木棍的影子，不知道是你。」昊一解釋著，指尖順著腰眼滑到胯上。「你確定你剛才不是想偷襲我？我都沒感知到你的信息素。」

「呃……」蘇珞抿了一下唇。Alpha易感時，信息素幾乎無法自控，可在平時意志力足夠的話，是能讓自己的信息素不被其他Alpha或者Omega察覺。

一小時前，他聽到秦越在電話裡的描述後，很擔心昊一會出事。

他通過定位急匆匆尋找到這裡，本想先去保全室探個路，卻見兩個人高馬大的保全正在抄家伙，拿著兩根胳膊粗的木棍，說要抽斷那擅闖民宅的臭小子的腿。

那臭小子全然不知他已被ＣＣＴＶ捕捉在螢幕中。

「有一說一，這小子挺上鏡啊，好像明星。」蘇珞站在保全身後，撓著頭說。

「再帥也是——欸？你小子是誰？」保全回頭，才驚覺身後站著個Alpha。

「對不起了大哥，我會替你們好好教訓那個臭小子的。」蘇珞連聲sorry，兩拳幹翻保全後，還摸走了他們的棍子。

然後，他終於找到昊一，卻發現他依然很大意地把整個後背都朝著門口，也不知道在看什麼那麼專注，可以說滿身都是漏洞。

這來的人若不是他，而是那些壞人呢？

秦越說過，昊一得罪的人，被惹急了可是會殺人的！

那他這一趟就是趕來給昊一收屍的。

想到這，蘇珞就氣不打一處來，便想偷襲他一下，嚇他一激靈，看他下次還敢不敢這樣膽大妄為。

可沒想到出師未捷身先死，整個人都被昊一給擒住了。

有道是，沒有證據，打死不認。

「怎麼可能呢？」蘇珞抬眸，自下而上地看著昊一。「我這個人這麼好，從不做暗事。」

蘇珞的睫毛其實很長，只是他總是盯著手機或電腦，眼睛酸澀時，就很隨便地用手指揉一揉。

眼尾最長的睫毛顯然是被指腹屠戮掉了，又堅強地長出半長不長的、絨絨的睫毛，像小動物的茸毛一樣，萌一臉血。

而在那層軟睫下的眼睛大大的，像陽光下波光粼粼的溪灘上那深珀色的雨花石。花而冠雨，旖旎不自知。

他顯然不知道自己用這副又純又欲的眼神看著別人時，到底有多勾人。

就像秦越說的，蘇珞在這方面特別呆，甚至都不知道自己長得帥。

昊一嘴角微揚，正要說什麼時，蘇珞那道英俊的眉倏然皺起，清澈的眼睛直勾勾地望著昊一的眼睛，輕聲問道：「是出什麼事了嗎？」

昊一不覺一愣。

——出什麼事……

在過往記憶裡，好像從沒有人問過他這個問題。

或許是因為頂級Alpha的絕對強大，或許是因為雄厚的家族背景，讓人覺得他不可能出什麼事。

就算遇著事情，也總是能解決。

就像這次親眼目睹父親出軌，還沒查明那女人的身分，就遇到一個要他竭盡所能去調查「小三」罪證的男人。

那個男人滔滔不絕地數落小三——王依依的不是，彷彿如果不是她的出現，昊大法官就不會對婚姻不忠，還是那個人人稱頌，宛若燈塔般，給黑暗中的人們帶來守護與光明的男人。

但在男人激憤不已地雙擊拳頭，起誓般道：『你一定不能放過王依依！要讓她付出血的代價！』的時候，昊一自心底冒出一個想法。

或者說，這個想法一直在，只是他被一樁又一樁的事情推著往前走，或有心或無意地忽視了它。

然後，隨著手裡的資訊越來越多，「它」也越發壯大，大到昊一無法再忽略掉。

——如果真正犯事的是父親，而非王依依呢？

怎麼看都是一個權力在握的Alpha，比較容易行事吧。

那麼他努力追查的結果，不僅會毀掉父母的婚姻，更會毀了整個家。

而他的初衷，只是想找到讓父親無法詭辯的出軌實證而已。

只有找到證據，他才有和父親談判的籌碼。

可是現在……事情的發展已然脫軌。

「蘇珞。」昊一低頭，埋首在蘇珞溫暖的頸項間，低聲道：「我爸爸出軌了，我親眼見到的。他在酒店裡，摟著別的Omega。」

這是三個月前就發現的事，他也一直在辛苦地搜集有關那女人的資料。

可是直到蘇珞開口問他的這一刻，昊一才意識到，撞見父親出軌時，那感覺就像中槍一樣難受。

整顆心臟都被洞穿，以至於沒意識到那對自己的傷害有多大。

他甚至產生一種前所未有的迷茫，彷彿不知道下一步該怎麼做，只能試圖去堵住胸口的傷，並以一種近乎旁觀者的眼光，去經歷這一切。

偶爾他會想到，連獨自出門都做不到的媽媽，和年紀還小、什麼都不懂的弟弟，他們該怎麼承受這樣毀滅性的打擊？

「昊一……」蘇珞的身體明顯一僵，但很快地兩手一環，盡可能地抱住昊一的背。

「其實，我們父子的關係並不親，有時還和對手一樣競爭。」昊一閉上眼睛，像在回憶過往。「所以……」

「所以你以為，你可以毫無感覺地處理這件事嗎？」

蘇珞看向昊一那微微翹起的髮絲，就像看著一隻獨自舔舐著傷口的流浪貓。除了昊一自己，沒有人能理解他所承受的壓力與痛苦。

「你是笨蛋嗎？」蘇珞心裡擰著似地疼。「這世界上只有親子關係是最無解的，不管你怎麼以為，該難受的時候還是會難受啊。」

尤其一個家庭裡，又不是只有一個人，不管爸爸、媽媽還是老人、孩子，只要有一方跌倒，被親情紐帶緊緊繫住的他們，也會跟著跌倒。

一榮俱榮，一損俱損。

蘇珞想到自己的媽媽，她提著行李離開家的時候，哭著說：『對不起，小珞，媽媽要走了，你是個乖孩子，照顧好爸爸。』

非限定Alpha——米洛

大概是以為只要流著淚、道歉了，兒子就能諒解吧。

可是爸爸他倒下了。

直到現在都不能很肯定地說他已經「沒事了」。

「昊一，不管發生什麼，我都會全力支持你。」蘇珞兩手一握，抓皺了昊一的衣衫。「我知道不管多難，你都不會放任不管，因為是家人……」

「嗯……是家人。」昊一深深吸了一口氣，鼻尖充斥著蘇珞美好的味道——如春日下的洋甘菊，濃郁得令人沉醉，連血管裡似乎都流淌著蘇珞的香氣，心臟激烈地跳動，越來越難以自拔。

「說實話我沒想過……」昊一頓了頓，喃喃道：「會被一個高中生說笨蛋。」

「操！」蘇珞揪著昊一的後衣領，一把拉開他。「你想挨揍就直說！我可以打到你滿意為止。」

「啊。」昊一看著蘇珞，不禁愣住。

遇到這樣糟心的事，本該是他痛哭流涕，可是面前的蘇珞，通紅的面龐上滿臉淚水。

「該死的！為什麼是我哭。」

蘇珞拉過校服袖子就往臉上各種屠戮，似乎想要把這難看的淚水全部擦掉。

「我就是……」或許是淚水怎麼也止不住，蘇珞索性猛吸一下鼻子，瞪著一雙濕透的眼睛看著昊一說：「不想你難過，不想你遭遇這樣的事。」

因為他知道，那感覺有多糟。

昊一微涼的手指，像羽毛那樣輕盈又柔軟地落在蘇珞濕漉漉的臉頰上。他嘆道：「我也沒想過……會在操哭你以外的事情上弄哭你。」

「操哭……啊？」

蘇珞眨了一下哭到灼熱的眼瞼，這才反應過來。

「幹！到底誰操誰啊！」他的臉孔瞬間爆紅，並一拳揮向昊一。看樣子有些人會挨揍不是沒理由的。

昊一微笑地以掌包握住蘇珞羞憤的鐵拳，再次把人拉進自己懷裡，不顧他的反對強行摟住他的腰，抱得緊緊的。

「撒開你的手！」

「再讓我抱一會兒嘛，我還在充電。」

「呵，充電？電池板我都給你揚了！」蘇珞耳廓通紅地撂著狠話，身體卻很實誠地做著充電樁。

「啊，我好怕。」昊一就是賴著蘇珞不放手。

（怎麼辦……）

面對這個為了別人的事哭得稀里嘩啦的Alpha，昊一邊低著頭笑邊想——

（我竟愛上這樣的笨蛋……何其有幸。）

「蘇珞，你知道嗎？」昊一聲音裡含著笑，在蘇珞通紅的耳邊喃喃道：「我可能這輩子都沒法放開你了。」

——因為我不可能再愛上除了你以外的人。

「啥！」蘇珞大驚失色。「你還真想像電線杆一樣，在這佇到天荒地老？我才不要！我還有程式在跑測試，下週還有化學考試……我化學成績是不怎麼樣，但也沒理由開天窗是不是……化學老師可是會把我塞進燒杯裡分解的……」

昊一不僅肩膀顫抖得厲害，甚至整個背脊都一下一下地抽動，連帶懷裡的蘇珞都快成震動模式。

「啊，你是在哭嗎？」蘇珞更慌了。「要不我們就再站一小時？我也不是沒有罰站的經驗……」

昊一眼裡是有淚，笑的。

他快要笑死了。

可能從有記憶以來，他就沒有這樣悶聲笑到肚子疼過。

「太可愛了，蘇珞。」昊一在心裡深深嘆道：「他怎麼可以這麼可愛。」

※

T市大法院，昊翰林大法官辦公室。

銘刻著歲月的深棕色木板從穹頂一直鋪設至地板，厚重的律師書櫃占滿三面寬闊的牆，只有一面書櫃正中開著一扇英式鑄鐵花窗。

窗戶前，是一張超大的實木古董雕花書案。

那鑲嵌著金絲絨的高背扶手古董椅，如同鐵王座。

而那些羅列整齊的律法書籍便是排兵布陣的騎士，無比忠誠地服侍它們的國王——此時正坐椅中的昊大法官。

他的面龐稜角分明，微微下壓的唇角，透著不怒自威的嚴厲。

雖已是四十二歲的年紀，但歲月的利刃非但沒能破壞他的臉，反而將之雕刻得更加冷峻犀利。像高懸於冰峰上的冰稜，歷經風雪沉澱，早已不是凡胎。

「法官大人，」為首的祕書長，同樣身為Alpha的男子低著頭道：「少爺他應該已經拿到照片了。」

那隻骨筋分明的手離開書案，輕擱在下巴上。

昊翰林什麼話也沒說，但目光停留在那些分作三行鋪開在案頭的照片上。

最左邊的一張，是站在馬路旁，邊看手機邊等校車的蘇珞。他應該是剛打完籃球，微微亂翹的頭髮還汗濕著，小小一張照片，可框不住他身上洋溢的青春荷爾蒙。書包裡塞著要帶回家洗的球衣，鼓鼓囊囊的。

邊上是一套連拍的照片，穿著連帽運動衫的蘇珞，拎著塞滿特價蔬菜和速食冷凍食品的購物袋。

他似乎不著急手裡的東西會化掉，正抱著一個哭唧唧的五、六歲小男孩在找媽媽。最終，他們與推著購物車，在排隊等結帳的媽媽成功會合。小男孩還往他臉蛋上送了一個香吻。

另外幾張照片的拍攝時間是午休，地點在學校餐廳。

蘇珞和秦皇地產的繼承人秦越並肩走著。蘇珞看秦越的眼神很亮，像看著崇拜的偶像一樣，就很孩子氣。

周圍的女生都在看他們，且都笑靨如花。

還有更多的照片是昊一和蘇珞一起打架時的抓拍。在昊一身邊的蘇珞，似乎能爆發出令人意外的潛能。

明明只是個普通層級的Alpha，竟然能和頂A並肩作戰……昊翰林想著，掃視一眼過分像自己的兒子後，看向擺在書案正中央的照片。

——美麗動人的王依依坐在公園長椅上，莞爾而笑地看著不遠處，在溜滑梯上玩耍的兒子蘇珞。

她的身邊站著丈夫蘇峻衡，他剛從電力公司下班，身穿藍色襯衫加黑色西裝褲，典型的工薪族。

他是來接妻子和兒子。

可是兒子還不想走，於是他們一起看著他玩。

和樂融融的一家人。

昊翰林讓手下複印這張「闔家歡」，撕剩一半後，「藏」在別墅壁爐上。

而這張原件是王依依夾在日記本裡的。

昊翰林滿不在乎似地把這些照片都抹向一邊，獨留一張蘇珞的單人照。

他從桌上拿起它，窗戶外薄暮的光便聚攏在照片上，把少年人那份率真的笑暈染得分外鮮活。

像是海灘邊，格外特別的七彩貝殼。

「長得真像他媽媽。」昊翰林薄唇輕啟。「尤其是眼睛……這世間，也只有基因遺傳不會說謊了。」

不管是母子間的長相，還是父子間的挑人口味，竟都這般一致。

昊翰林的眉頭不著痕跡地皺了一下。

「大人。」首席祕書長上前問道：「司法部長的選舉活動馬上要開始了，可是少爺他非要追查王小姐的事，雖說別墅那邊已經徹底清場，可再這麼糾纏下去……」

「孩子的好奇心總是很旺盛的。」昊翰林把照片放回桌上，起身看向窗外。「有些祕密不是他們自己發現，也就沒意思了。」

「可是少爺他……真的很厲害，總覺得他會查出點什麼，影響到司法部長的競選。」

「孩子們的事，不論好壞，到最後總是由家長來解決，不是嗎？」昊翰林看向祕書長，清淺地一笑。

祕書長當即有些恍神，不僅因為那張臉孔真的很有魅力，還有如果致幻劑是有味道的，那應該就是大法官這樣子吧。

極度吸引人，無可抗拒，也極度危險。

——和罌粟花一樣。

腦海中，不自覺浮現出冰原上盛開著大片猩紅色的罌粟花，而在這罌粟花之上翱翔著雄鷹。

「這孩子留不得。」昊翰林再次拿起蘇珞的照片。

「什麼？」祕書長猛地抬頭看向法官，瞳孔劇震。

「你以為我會這麼說嗎？」昊翰林笑起來，就和他在演講台上一樣，充滿親和力。

「不、不是的！」祕書長臉孔通紅。「抱歉，我失態了。」

「繼續監視他吧。」昊翰林頓了頓，又說：「他們兩個。」

「是的！法官大人！」

祕書長慌忙低頭。同樣是Alpha，頂級和普通，差距和海溝一樣深。

「我絕不會讓他們妨礙您。」祕書長深深鞠躬，如對國王的臣服。等他直起身時，那張剛毅的臉上就只有對完成任務的執著。

※

暮靄重重，花園裡的路燈光線悄然探入這棟空無一物的高奢別墅。

「啊。」蘇珞這才注意到，牆上的壁紙變魔術似地開出一朵朵銀光閃閃的玫瑰。

他湊近一摸，才發現原來那絹絲壁紙上用了一些特殊塗料，燈光打上去，就會反射出銀色的光，透出玫瑰的圖樣。

嬌媚的玫瑰壁紙與粗獷的石頭壁爐相結合，簡直就是美女與野獸的浪漫。

「這就是那女人住的地方啊。」蘇珞不由感慨。而根據昊一所說，他父親和外遇對象有著多處住宅，狡兔三窟似地難找。

但是，僅這一處就這麼用心裝修，足以見得他們兩人的感情很深。

要怎麼做才能結束這段不倫戀？

有種難如登天的感覺。

「這家搬得可真夠乾淨。」蘇珞看向昊一，有些不死心地問：「所以，你什麼也沒發現？」

蘇珞想，既然眼下不知道該怎麼做才好，那就從最簡單的一步開始，比如掌握現有資訊，進行匯總。

「這個……」昊一伸手進外衣口袋。那是一件黑灰撞色的防風外套，帥酷的狼爪痕印滿整個背部。

在蘇珞「偷襲」他的時候，他將照片一把塞進了口袋裡。

昊一正往外掏照片時，突然又停下。

真的可以嗎？昊一心想。

將父親出軌的事情告訴蘇珞，只是不想瞞著他，但給他看照片的話，就牽扯太深了。何況，還不知道父親會做出什麼樣的反應。

「那是什麼？」但顯然，蘇珞已經看到他掏東西的動作，眼睛跟貓咪捉逗貓棒一樣炯炯發亮。

「就是……」昊一看著蘇珞，把手機拿出口袋。「我覺得我們應該叫輛車，這裡不太好打車。」

非限定Alpha —— 米洛

「欸？」蘇珞看著昊一手裡的手機，不解地問：「你是在耍我嗎？」

「沒有。」昊一顯得無辜地說：「是真的需要叫車。」

「你小子就是在耍我！」蘇珞衝著昊一的外套口袋伸手一抄。

「嗯？」昊一往後避閃，卻還是躲不過變身「逗貓棒」的命運，被蘇珞連撲帶撓地逼進牆角，還沒來得及反抗，連手帶手機都被蘇珞一把攥住。

「這是什麼！」蘇珞瞪著昊一問。

「什麼是什麼……」昊一的後背都沁出冷汗，他還沒有被任何人逼到這樣過。雖然但是，主動撲過來的蘇珞真是又凶又可愛。

「這個！」蘇珞舉高捉著的昊一的手，指著手機鏈問：「不是塑膠手銬嗎？」

「呃！」

昊一這才注意到，蘇珞看到的是他的手機鏈——他從電影院保全辦公室地上撿起來的那條。

「你竟然認得出來？」昊一眨兩下眼，顯得驚訝地看著蘇珞。

純黑色塑膠手銬原本斷成兩截，昊一把它修剪後編成兩股，像一條迷你皮鞭，綴在手機殼上，好比另類的賽博龐克裝飾。

「我人生中第一次被勒，當然忘不了。」蘇珞湊近，鼻子一皺地嗅了嗅。「果然，還有我的信息素味道。」

這就很尷尬了。

昊一想，他原本只是想偷偷收藏而已。

「蘇珞，你知道的吧。」昊一的另一手借勢摟上蘇珞的腰，將他拉得更近，望著他的眼睛說：「一個Alpha在遇到喜歡的人後，會想要一直待在他身邊，這就是占有欲。可是，沒辦法在一起時該怎麼辦？」

他頓了頓後說：「就會有很強烈的不安感，甚至可以到寢食難安的地步，而情緒問題又很容易導致信息素紊亂，乃至引發易感，輕則動手傷人，重則……嚴重擾亂社會正常秩序，搞不好就要被送進特殊病院，不關個三、五年出不來。」

「啊……」蘇珞忽然想到那個討論串裡說的，昊一進過特殊病院的事。雖然不知真假，但此時聽到，心下還是一揪。

那種地方就不是人待的啊。

「為防止以上事情發生，就需要收集他心上人的隨身物，用上面的信息素味道安撫自己那顆躁動不安的心。這些隨身物諸如貼身背心、內褲……」昊一娓娓說著。

非限定Alpha——米洛

「內什麼？」蘇珞眼睛瞪大，耳朵也紅了。

「偷藏內褲這種事我怎麼可能做得出來呢？」昊一紳士地一笑。「所以，只能退而求其次地選擇這副塑膠手銬了。而且，它做了圈住你這樣有損人身自由的事，我理應罰它做我的手機鏈，將功折罪。」

「昊一，」蘇珞看著那張即使光線再暗，仍是帥得不行的臉說：「你不做律師，真的太可惜了。」

「啊忘了，你本來就是念法律的。」昊一這番騷話說下來，都把蘇珞整懵了。「未來的大律師。」

「蘇珞，你果然是最善解人意的。」昊一莞爾一笑，成功度過危機。

「不過，」蘇珞歪了歪頭，「原來Alpha也有築巢行為嗎？」

他在網上看到過，Omega會搜集心儀Alpha的隨身物品，比如枕頭、衣物、首飾等等東西，像鳥兒築巢一樣，把這些東西堆積在一起，貪婪地嗅著上面的信息素，從而獲取滿足和安心。

蘇珞一直覺得這種行為很可愛，像小朋友收集毛絨玩具，而且通常這種行為是不帶惡意的。

但昊一這麼做的話……

蘇珞看著手機鏈，怎麼有種「凶獸築巢」的既視感？

一頭噴火巨龍，尖利的爪下扒拉著可可愛愛、古古怪怪的小玩意兒，還哼哼唧唧地不讓人碰。

——就意外地可愛！

要是把他的手機鏈搶了，會急紅眼嗎？

想想都覺得有趣，想大笑。

那些在學院論壇裡說昊一是「高嶺之花」的學弟學妹們，應該沒見過這樣的他吧？

可是，自己卻知道。

知道昊一還有這樣的反差萌。

「你在笑什麼？」昊一警覺地問。

「啊，我笑了嗎？」唉，笑意這種東西真是嘴角憋住了，眼裡也會漏出來，蘇珞索性展顏一笑。「其實，你提醒我了。」

「嗯？」昊一看著蘇珞。

「也不是什麼都沒留下。」蘇珞捏住昊一的手機鏈。「我來幫你找找看吧。」

※

別墅的保全室在東大門，窗明几淨、方方正正。

此時，懸於牆上的八塊監控螢幕即時顯示各個大門、路口的情況，螢幕下是一排連接著多台電腦的操控台。

電腦主機嗡嗡的運作聲，和空調扇嗡嗡的送風聲，匯聚成白噪音縈繞耳畔。

這是蘇珞見過最高大上的保全室，保全更是受人矚目，統一的板寸頭，肩寬背厚、壯健有力，一看就知是武林高手。

只是眼下的氣氛有點糟。

兩位保全的臉色比鍋底還黑，一人拿一冰袋敷在腦後，還大馬金刀地坐在沙發裡，眼不是眼、鼻不是鼻的，顯然憋著一肚子怒氣。

「真對不起！」蘇珞九十度彎腰致歉，很不好意思地說：「我一時情急，不是故意打量你們的。」

「你一挑二？」在一旁站著，兩手插兜的昊一，顯得意外地說：「還都放倒了？」

非限定Alpha—— 米洛

保全的面上瞬間爆出一股屈辱的紅，像是火山口一樣，黑紅黑紅的，馬上就要來個大噴發。

「都說是情急，因為某個笨蛋……」

蘇珞狠瞪昊一一眼。這傢伙真的是學霸嗎？怎麼就看不懂氣氛啊？

「真的很抱歉！」蘇珞又向保全鞠躬致歉，誠心誠意地說：「醫藥費、誤工費，不管是什麼我都會付，還請二位大人不記小人過……」

「是他們沒問清楚就動手了吧。」大概是拆台上癮，昊一又說道：「你那是正當防衛。」

他當然不認為蘇珞會毫無理由地動手，就算有，也是人家不對。

就當是他偏心好了。

「臭小子！是你們私闖民宅，還被ＣＣＴＶ抓到了！」

「火山」到底是噴發了。在帶著檳榔味的唾沫星子飛濺到二人臉上前，昊一撈住蘇珞的腰，往後靈巧一退。

「好險。」昊一嘆道。

「拜託你，別再火上澆油了。」蘇珞一臉的恨鐵不成鋼，磨著後槽牙拚命使眼色。

「就是我打了他們。你忘了，我們是來幹嘛的嗎？」

「昊一，我要使用他們的保全網路。」

這是十分鐘前，蘇珞捏著手機鏈說的話。

因為手機鏈，蘇珞想到了網路線。

他說，現在沒有什麼東西是不連網的。

包括別墅的監控和保全系統，也需要連網進行雲端備份和更新。

然後他路過保全室時，發現了他們的系統被駭侵。

「路過就發現系統被駭了，你怎麼做到的？」昊一覺得不可思議地捏著下巴問。

蘇珞在那憋紅了臉，咬了咬下唇才說：「好吧，是我刪掉CCTV上面抓拍你的紀錄時，在伺服器日誌裡，發現駭客入侵的痕跡。」

好像一講到電腦相關的東西，蘇珞的眼裡就有光，像極了手裡拿著超人力霸王模型的小男孩。

「事先說明，不管我知道多少駭客的東西，我將來都是要做程式設計師的。」蘇珞說：「我可不是駭客。」

「嗯，我瞭解。」昊一頓了頓，微微一笑。「關於這一點，我很早就知道了。」

對於蘇珞這樣的乖小孩，竟然為他刪除ＣＣＴＶ紀錄，昊一都不知該感動還是心疼……還是心疼更多一點。

「欸，你早就知道？啊，先不管這個。」蘇珞接著往下道：「我原本的想法是，等你離開後，去向保全負荊請罪，並提醒他們被入侵的事。不過我已經把操作審計日誌、進程啟動日誌、網路連接日誌、ＤＮＳ解析日誌等全開啟了，如果駭客再次來襲，這些日誌都可以拿來追溯攻擊的源頭。」

「說實話，我當時也沒想那麼多。」蘇珞一笑，「可是，如果我能抓到駭客，就有可能拿到你想要的東西。」

「嗯？」

「總之，先去保全室。」蘇珞拉著昊一的胳膊，深深吸一口氣後，說道：

「Step1——負荊請罪。」

現在，昊一終於明白蘇珞為什麼總說負荊請罪了，因為他不僅僅是刪除了ＣＣＴＶ裡的紀錄，還打暈了保全。

他們之前走進來時，兩個保全才剛剛轉醒，正坐在地上摸著後腦勺懵圈呢。

蘇珞連忙攙扶他們起來，安置到沙發上，還給他們拿冰袋、遞礦泉水。這保全室的配置確實齊全。

（他還為我打人……）

看著眼下快要被自己氣到咬人的蘇珞，昊一默默想著。

「你看我幹嘛？我臉上是有花嗎？」蘇珞不明白昊一為什麼總盯著自己看，明明已經和他說得很清楚，要向保全請罪，他卻像個豬隊友，頻頻挑起保全的怒火。

「我很意外。」昊一依然盯著蘇珞不放，聲音溫柔地說：「也很感動。你竟然為了保護我而打人……不怕被學校開除嗎？」

這和被Alpha找碴而打架不一樣，蘇珞打的是保全。

「天啊！」

蘇珞頓時倒吸一口冷氣，臉都嚇白了。他這樣講究邏輯演算法的人，竟然忘了這麼重要的事。嘴唇更是不由自主地哆嗦起來。

「怎麼回事……我怎麼會忘記……這麼重要的事情。我是被魂穿了嗎？」蘇珞猛一下抱住腦袋，難以置信地嚶嚶起來。「我以前可不會做這麼昏頭的事，我還有警局發的熱心市民獎章呢。」

「蘇珞。」昊一輕輕扯一扯蘇珞的衣袖，看著他道：「我可以理解為，你是太在意我了，所以才忘記的嗎？」

「現在是說這個的時候嗎？」蘇珞瞪著昊一，更懊惱了。「所以，我為什麼要救你，可惡的小子，你都已經是大學生，我可是……要是連高中都念不了……我好不容易才中領的獎學金……」

蘇珞越說越傷心，眼淚都要下來了。他用力地揉了把酸澀的眼眶。

「完了，連淚腺都變得和以前不一樣。以前我哭點特別高，不怎麼掉眼淚的……啊，我真的好慘！」

蘇珞說著，偷偷瞄了眼沙發裡的保全。

然而，昊一又作怪了。

「你的反常或許是因為……」

昊一說著豎起食指。蘇珞想噴他的，讓他差不多可以了，閉嘴吧。

可是，那根白皙修長的手指岔開了蘇珞的注意力。怎麼會有人，從頭到腳都長得那麼好看？老天爺一點也不公平。

正因為這個恍神，昊一的食指順利戳到蘇珞的左胸，像敲擊門板似的，指頭「篤」一下戳中蘇珞的心窩。

「……你這裡有我。」昊一笑著把頭低下，讓他的臉和蘇珞的臉貼得更近。就旁若無人地撒狗糧。

「因為你擔心我，所以顧不上別的，對不對？」昊一那雙深邃的冰眸，冷淡時真的可以把人原地凍結，可含著綿綿情意時，也是真的能把人給酥死！

就好像他的眼睛裡真的帶電，勾得心臟撲通撲通地不由自主加快。

整個人也像裹在什麼柔柔軟軟的冬季熱飲裡，從頭到腳都是暖洋洋、甜蜜蜜的，連姓誰名誰都能忘了。

蘇珞好像可以理解，為什麼大家的手機總是追著昊一拍了。

在法學院的論壇上，還有女生把昊一的照片列印成海報，貼在宿舍門上、牆上、甚至天花板上。

每天睡前、醒來看到的，都是他們的學神昊一。

如果只是長得帥，大可不必這樣，帥氣的明星可不少。

大概是因為昊一不僅長得帥，還有股清冷脫俗的氣質，會讓人有種「初戀」般地怦然心動。

就彷彿是……白月光、朱砂痣般的存在。

是每個人的學生時代，都會遇到的、抹之不去的一筆夢幻色彩。

啊。是初戀啊——蘇珞想。

砰！保全手裡的冰袋被擲在地上。那保全大概不滿意被狗糧糊臉，氣呼呼地說：

「不管怎麼說，是你們擅闖民宅在先！這件事不能就這麼算了！我要報警！」

蘇珞一秒回過神，意識到他和保全的關係再度降至冰點。這讓他只想親手把大家的「初戀」給掐死算了，可不能讓這「禍害」遺千年。

話說回來，他是真的忘了打保全的後果，當時心裡就只有昊一的安危。

眼下，他是真的要年少失學了。

「嗚……」蘇珞心下悲鳴，這眼淚是真的忍不住了。

「你幹嘛呢？」沒想另一保全卻拿胳膊肘撞一下同事。「他們還是學生。」

「是嗎？」那同事說：「有這樣可怕的學生嗎？」

蘇珞以為他們在說自己打人，可他們指的卻是昊一。

在那兩小子進門的時候，保全們一眼就認出走在前面的是打人的混小子，後面那個是CCTV裡的「小偷」。
該說是慶幸被打暈了嗎？
他倆雖然是Beta，但是運動神經發達、身體素質特別好的那種，還得過「健美先生」的大獎，才能在這麼高檔的社區做保全。
和那些分不出Alpha戰力的Beta不同，他們一下就感覺到這小子的可怕。
如果當時真的與他正面起衝突，就算不死也是半殘。
他們甚至不明白，這個穿著高中制服的Alpha，怎麼可以這麼大剌剌地與狼為伍。
那可是一頭能輕鬆咬下半個人腦袋的惡狼。
還是說，在這個看臉的時代，只要好看，小命都可以不要？
正是忌憚那個Alpha的動向，他們才暫且坐在沙發裡，沒有烙人、沒有報警，在警惕那頭惡狼會有什麼舉動。
當然，他們也在意那個看起來很可憐的小子。
那小子也是個Alpha，卻完全沒有侵略感，明明他身手很不錯，能同時放倒他們二人可不容易。
可是面對他，就是無法產生戒備心，反而覺得他挺不容易的，攤上這麼一個不省心的朋友。

而且，他淚汪汪的樣子怪可愛的。

像很會撒嬌的弟弟一樣，無法讓人討厭。

也算是Alpha裡很罕見的類型了。

但CCTV拍到的那小子是絕不能輕易放過的，怎麼都要送他進去。

男人瞇起眼，像舉著槍的獵人，緊緊盯著那頂級Alpha。「小子，我看你能說會道的，不會不知道私闖民宅是違法的吧？」

「知道。」冷漠的目光瞥過來。「但你有證據嗎？」

「啊這個……哥哥們！我們沒必要上升到法律層面，打官司多費錢啊，這是誤會，都是誤會！」

蘇珞趕忙打圓場。昊一真是的，可不能因為監控紀錄被他刪除了，就真的和保全大哥們硬槓啊。

「哥哥……們？」昊一俊眉一蹙，看向蘇珞。

「難道不是嗎？你們都比我大啊。」隔著十條馬路都能聞到昊一身上的醋味，但蘇珞選擇裝傻。

非限定Alpha —— 米洛

他是來滅火的，可不想引火焚身。

「你該叫他們『大叔』。」昊一說。

「什麼？」保全怒了。「我今年也才二十五！叔什麼叔！」

「啊。」昊一看著那大概是健身過度的後遺症，面相偏老成的保全說道：「真看不出來。」

「臭小子！找抽呢！」保全一下跳了起來。

「這是在幹什麼？」

蘇珞正要攔架，保全室的門突然推開。

一名梳著油光發亮的大背頭，西裝筆挺，手裡還提著一只奢牌公事包的男人走進來。他詫異地看著眼前的四人，像要打群架的樣子。

「經理，你來得正好！」保全指著昊一說：「就這小偷——」

「昊先生。」沒想經理一見到昊一就滿臉堆笑，伸出手就要握。「您已經到了啊。」

昊一與他握了握手。

「昊先生……？」保全和蘇珞都愣住了。

「我以為您還沒到，還想去門口等候您。」身為銷售部的經理，客戶永遠至高無上，他熱情地把昊一往沙發上請，還叫保全讓開，別擋著貴客。

「一點誤會而已。」昊一看了眼顯然不知道該做何反應的保全，對經理道：「他們不知道我買下了房子，還以為我闖空門。」

「是這樣啊，那還真是誤會了！抱歉、抱歉！」經理忙解釋道：「這棟房子的原屋主在昨晚委託我們轉售，沒想今天早上昊先生就拍下，而且所有的手續都在網路上辦完了。我們也從沒有這麼迅速地賣掉一棟別墅，沒來得及通知保全這邊，登記您的資訊。」

「你買下了別墅？」蘇珞還沒消化呢。

不只是因為這房子超貴，還有這不是昊一爸爸藏嬌的金屋嗎？他可以買？

昊一微微一笑，輕輕拉過蘇珞，在他耳邊低聲說：「我原本只是想調查一下別墅的產證資料，結果發現它是待售狀態。不僅連夜搬家，還連夜賣房，可見我父親是真的很想要處理掉它，儘管這房子都沒掛在他和那個女人的名下。但沒關係，重點是我買下了。」

「你父親要是知道了，會氣死吧。」蘇珞仰起頭，更小聲地回話，嘴唇也湊到昊一的耳邊。

「他不是想要我遠離這棟房子、遠離那個女人嗎？」昊一說道：「那我必須給他一個回應。」

「我也不知道該怎麼說……」蘇珞覺得對此事喊「加油」肯定不對，人家那是父子反目的事情，可昊一這麼做，確實挺解氣的。

明明就是出軌的人不對，為什麼還能這麼囂張？竟然派人追堵昊一，還各種威逼利誘，真是渣男本渣了。

蘇珞想著這件事，往邊上瞄一眼，卻和經理的視線對個正著。

只見剛還笑盈盈的經理，著急慌忙地躲開視線，看邊上、看地上、看天花板，就是不再往這看了。

另外兩名保全也是一樣的反應，扠腰的、撓後腦勺的，也在天上地下瞄，彷彿在找東西一樣。

經理的眼睛雖然沒再瞄了，可心裡還在想：「ＡＯ見得多，ＡＡ還真罕見……不過嘛，兩個大帥哥在一起果然很養眼。」

託他們豐富的肢體動作的福，蘇珞終於發現，他不自覺地用兩手扒拉著昊一的肩膀，好像在投懷送抱一樣。嘴唇還離他的耳朵這麼近，從旁人的角度來看，就是公然在「貼貼和親親」啊。

「窒息了啊！家人們！」蘇珞腦袋裡的小喇叭又喊上了：「我到底在幹嘛啊！」

「悄悄話」完全可以用手機傳遞，幹什麼要現場咬耳朵這麼騷包……又要被誤會成一對了。

啊，那個始作俑者！

蘇珞怒瞪向昊一，心道：「誰也別攔著我，看我不揍死他！」

「你們知道嗎，這孩子……」這時，昊一卻抬手蓋住蘇珞的腦袋，擼貓似地揉著他的頭髮，勾唇一笑道：「可是拯救你們的英雄。」

經理和保全不覺看向被搓頭而面孔通紅的蘇珞。

「英雄？」

看著那青澀而美好的少年面龐，經理和保全眼裡滿是疑惑。

※

在網路的世界，有一個無解的環。

那就是攻擊一個系統比防守一個系統要容易得多。

再強大的防火牆都阻攔不住駭客的腳步。

很多時候，有些小企業、小公司甚至都不知道有駭客大駕光臨過。

對於不知道的事，又怎麼能清算損失？

更甚至他們可能連亡羊補牢的機會都沒有，機密資料便被偷光了。

別墅區的保全監控系統，面臨的便是這種狀況。

他們被駭客悄無聲息地駭侵了。

每棟房屋的住戶資料、門禁卡密碼，乃至住戶連接上網路的電子設備，比如電腦、手機裡的照片、簡訊等等隱私，都有可能通過感染了病毒的保全系統，被駭客截獲。

銷售經理和保全或許不懂網路安全的事，但安保不力導致屋主隱私洩露的後果，卻是非常清楚的。

他們會上熱搜，緊接著房價會暴跌、東家股價跳水，不管是誰都會被炒魷魚，甚至面臨被追責。

終於意識到問題嚴重性的經理和保全，登時把蘇珞奉為座上賓，還按照蘇珞的建議，立刻聯繫了維護保全系統的客服。

他們這套系統是從某保全公司採購來的，可這家公司保全系統的開發和維護，其實也是找ＩＴ公司外包。

客服表示他們會儘快派工程師上門檢查，也確認在伺服器上查到了異常的登錄痕跡，但他們暫時不知道駭客入侵的方式，在工程師到來前，希望蘇珞能給予協助。

這也和蘇珞想的「Step2——親自操作保全系統」不謀而合，因此得到客服給的臨時管理員權限後，蘇珞算是真正地進入這套系統的後台。

Step3——查找駭客是怎麼攻入的。

其實在知道系統被駭後，大多數人的反應都是慌張，不知所措。

駭客像是網路裡無所不能的「神」，你拿「神」有什麼辦法？

也確實如此。

即便現在各種各樣的駭侵工具在網路上唾手可得，是一個連國小生都能當駭客的時代。

可是，要真正地抓到駭客，知道躲藏在網線後的真實面目，知道對方出於何種目的攻擊，還是有點難度。

不過嘛……蘇珞看著在系統日誌裡留下的攻擊痕跡，覺得自己可以找到這個駭客的攻入點。

非限定Alpha —— 米洛

只要冷靜且耐心地匯總、分析一週內的日誌數據，去找諸如有攻擊特徵的ＩＰ訪問、攻擊語句，包括ＳＱＬ注入漏洞、後台訪問紀錄、木馬上傳紀錄等等。

蘇珞眼前，正是那一筆筆寶貴而龐雜的數據。

他耐心地檢查每一列，又回頭往後面看了一眼，心想昊一站在那裡，是在保護自己嗎？

一刻鐘前，在得知業主的隱私可能洩露後，嚇壞的經理急不可待地驅車去接工程師，但這一來一回至少要兩小時。

保全就留下負責招待，或者說「看著」他們二人。

被人盯著後腦勺的感覺，當然是不舒服的。

可是，這種感覺沒多久就消失了。

蘇珞回頭瞥一眼才發現，原本站著的兩個保全，又回沙發坐著了。

大概是這螢幕上的數據，他們實在看不懂。

昊一則站在保全室的正中位置。

有種人，他自帶狼王氣場，何況他還是頂級Alpha。

昊一這一站，也讓保全識相地不再盯梢，而是玩起手機。

「他就是在保護我。」蘇珞很肯定地想：「就算我只告訴他第一步，只告訴他這裡的保全系統中毒了，需要清查病毒。」

之後的步驟二、三、四、五、六，蘇珞不是不想告訴昊一，而是不能。

Step4——通過日誌回溯駭客ＩＰ，鎖定駭客。

Step5——入侵駭客的電腦。

Step6——把駭客從這裡盜走的數據拿回來。

這就是去小偷家偷贓物，黑吃黑。

這種大魔王一樣的事，要怎麼和法律系的博士生講？

被阻止是必然的。

可是，蘇珞也不得不這麼做。

駭客入侵這裡，無非就是竊取數據，而目前只有昊一父親包養情婦的別墅，有資訊外洩的可能。

因為其他房子不是待售，就是在大興土木的狀態。

如果駭客帶走的資料中，真的有昊一父親出軌的實證，比如兩人的合影、影片乃至手機通訊訊息。

那駭客會做的事：一，以此勒索旲法官；二，高價賣給八卦媒體；三，作為戰績上傳網路，一夜成名；四，駭客的技術圈其實是很封閉的，你想要得到別人的技術，得等價交換，他可以拿這個去換他想要的其他駭客的技術。

蘇珞就曾遇到過，別人用自寫的攻擊程式，想交換他寫的某條自動測序程式。

蘇珞當然是拒絕了。

而不管駭客選擇以上哪一種做法，都不可避免地會造成資訊洩露。

也就是不管相關還是不相關的新聞版面上，掛的全是旲大法官出軌的頭條。

每條新聞裡的字眼，都透著彷彿親眼所見的狗血。

小時候，在媽媽離家後，鄰居間的閒言碎語，或好意或八卦的眼神，就像一把鈍刀割著蘇珞和他爸爸。

而旲法官的事，會議論的可不只有左鄰右舍。無數網友、無數張嘴，都會成為凌遲的刀子，痛割在每個與之相關的人身上。

鮮血淋漓，慘不忍睹。

所以，蘇珞覺得不管駭客從別墅裡盜走的是什麼，他都要想辦法拿回來。

還有，他拿回來的資料也能幫助旲一，找到他父親出軌的證據。

只不過——

「就算我把全部計畫都告訴昊一，萬一沒能找到駭客，不也白說。」蘇珞想著。

「不如我自己看著辦吧……嗯？」

才想著看著辦呢，蘇珞就發現一個虛假的ＷＡＰＳ，也就是ＷＩＦＩ接入點。他打開那個網頁，竟然是保全系統的「歡迎登錄」介面。

保全系統是有防火牆的，但如果系統本身存在漏洞，並被駭客找到，那麼防火牆是怎麼也防不住入侵。

換言之，如果系統裡沒有漏洞，那就算沒有防火牆，駭客也侵入不了。

這個漏洞就像燈下黑一樣，成為工程師疏於防範的點。

「找到了！」

看著這條很長很長的攻擊紀錄，蘇珞按捺住激動的心情，準備去追蹤駭客的ＩＰ。這得花上好一段時間。

不知道能不能趕在工程師到來前，先鎖定駭客。

這樣的話，就算工程師來了，他也可以等回家後，繼續追查駭客。

「嗯？」蘇珞愣了一下。

在本該是資料庫文件的地方，出現了一個資料夾。這就好像整理乾淨的辦公桌上，突然出現一個不屬於自己的公事包。就是這麼突兀。

「不至於吧？」蘇珞不禁呢喃。

雖然的確會有這樣的事情，駭客在打包帶走數據時有所遺漏，或者駭客他打包完數據，但是有什麼事耽誤了他搬運，就暫時原地封存一下。

因為對駭客來說，被他入侵的主機儼然就是他的肉雞了。

而且，這駭客似乎挺蔑視保全系統的主機，完全當普通電腦對待。

蘇珞的心臟「哐、哐」地跳動起來，他摸著滑鼠的手指都在輕輕發抖。

滑鼠「喀噠」一聲輕點，打開「公事包」。

看著那一瞬間釋放而出、排列齊整的資料夾，蘇珞不自覺地倒吸一口氣。

我靠！還真的是啊！

照片、影片、通話紀錄、工作文件夾。

每個資料夾都清晰地標明日期、文件內容，比如「三月／照片」等。

還有一個資料夾命名為「１１２６」，裡面似乎是照片。

蘇珞會注意到這個，是因為他的生日剛好是十一月二十六日，射手座。

不過蘇珞的注意力很快被一個「昊法官訪談紀錄」的文件所吸引。

這只是一份很普通的，在電視上播出過的訪談。

這就說明，駭客他盜取了別墅內電腦裡的全部資料。

整個C槽裡的數據，全都Copy下來了！

蘇珞等於是飛過步驟三四五，直接來到步驟六，拿到全部數據，Game Over。

——You won！

他激動到差點忘記呼吸。

要不是考慮到有保全在場，他可能會跳起來歡呼。

可是再激動，他也不會忘記拿出自己口袋裡的，那個原本用來儲存電腦校隊考題的隨身硬碟。

名片大小的硬碟，有著二百五十GB的儲存空間，足以存下全部文件。

激動的心情，顫抖的小手。

蘇珞把隨身碟接上主機，「Ctrl+A」選擇全部，「Ctrl+X」剪下，但最後一步「Ctrl+V」，他改用滑鼠操作。

無名指戳下滑鼠右鍵，游標滑行到「貼上」，蘇珞的眼睛不覺瞪大。

猝不及防地，一隻白皙且骨節分明的手覆上他的右手背，將他的手和滑鼠一同握住。

對方手指插入他的指間，像十指交扣一般親密。

蘇珞猛地抬頭。正因為知道是誰，才更吃驚。

「昊一……」他像做賊似地盯著昊一。

「不要。」昊一低聲說。

「什麼？」蘇珞無法理解，也很著急。「你確定？」

工程師要來了，這些文件就只能刪除。

「我確定。」昊一說，定定地看著蘇珞，聲音壓得更低。「你不能這麼做。」

從保全系統竊取資料是違法行為。

不管那是誰放的，又是從哪裡來的。

「可是昊一，這樣的機會不會再有第二次。」蘇珞也有他的堅持。「你放心，我會清除所有紀錄的……你快放手。」

昊一卻更用力地握緊蘇珞的手，不讓他的手指移動分毫，但聲音很溫柔：「我知道，這樣的機會不可能有第二次，可是蘇珞……」昊一稍稍一頓，「我要保護的人不只有我的家人，還有你。如果說這一切要以你為代價，不論它有多大的價值，我都不會要。」

蘇珞愣住了。

他滿心想的都是怎麼讓昊一避免他曾經受過的遭遇，讓他的家人，包括媽媽、弟弟在內遠離負面輿論的風暴，最好他們能安然無恙地度過這次「名人丈夫出軌」的危機。

他唯一沒想到的就是自己，「竊取資料」這行為可比「打人」嚴重多了。

昊一站在那邊，還真是在保護他。

蘇珞突然意識到，昊一又不是笨蛋。

在他提及那些駭客入侵、資訊洩露的字眼時，就算什麼也沒說，昊一應該也猜到他要做什麼了，只是不能確定。

昊一站在那裡，不但是保護他不受騷擾，更在確保他不做出過火的舉動。

昊一深深看了蘇珞一眼，兩人熾熱的視線在半空交集，一眼萬年似的，彼此的心都跳得很快。

然後，昊一移動右腕，帶動著蘇珞的手，移動滑鼠，選擇「刪除」。

所有的資料，私密的照片、影片，全都在不到三秒的時間裡刪掉了。

「啊～」雖然明白，但是蘇珞的心還是痛了。

「我請你吃霜淇淋。」昊一微微一笑，鬆開蘇珞的手，摸了摸他的頭。

「切，一個霜淇淋就想打發我。」蘇珞臉紅著揮開昊一的手，再次操作起鍵盤。

他要確保那些資料已徹底刪除，而且無法通過技術手段復原。

然後，他還要檢查駭客留下的後門。狡兔三窟，那後門可不會就一個。

「那一桶霜淇淋加一頓晚飯。」昊一再次摸摸蘇珞的頭，語氣寵溺。

蘇珞這次沒有拒絕被擼，就像貓咪一樣，還挺享受的。

兩小時後，工程師終於到了。

那是一個三十多歲的系統工程師。

他原本看到一個高中生在操作保全主機還不太高興，甚至說是不是因為這樣才折騰壞了。

然而，在他看到蘇珞的成就，包括找到系統漏洞、丟失的監控數據、駭客留下的三個後門後，吃驚到合不攏嘴。

這根本不是一個人能在這麼短的時間內就做到的。

工程師還自帶鋪蓋來，打算在這熬通宵。

他不禁問蘇珞是不是研究電腦網路安全的，還問他有沒有興趣來他們公司實習。

明明蘇珞身上穿著的就是高中制服。

蘇珞被工程師前後截然不同的態度搞得哭笑不得。

重點是他餓得慌，現在都晚上八點了。

於是，他找了個吃飯的藉口，拉著昊一告辭。

※

與此同時，C市。

老舊的城中住宅區，晚飯後散步的，遛狗、遛娃的，好不熱鬧。

一大媽拿上水壺，準備出門遛達消食。走前，她對一扇緊閉的房門喊道：「別一吃完飯就玩遊戲，蘋果切好了，在桌上，記得吃。」

房內一聲模糊的應答，大媽出去了。

房間內的青年，頭髮也沒梳，被子也不疊，正躺在床上用手機聊天。

『你上次給我的工具不錯，我拿來駭了一套別墅區的保全系統。』

非限定Alpha——米洛

『駭那玩意兒幹什麼，又掙不了錢。』

『誰說的，是有人拜託我去駭的。』

『什麼？』

『我不是有在暗網上接單嘛，一週前吧，有人問，能不能從某棟別墅裡取點東西出來，你也知道我那點功夫，所以才找你借駭客工具。』

『那東西拿到了嗎？』

『當然，我和你說，內容可勁爆了。』青年興奮地坐直身子。『我都不敢直接放家裡，就先原地保存起來。你也知道我電腦上這麼多木馬……』

『你呀，好好學一下技術吧。』朋友回道：『哪有駭客連自己電腦裡的木馬都搞不定，笑死人了。』

『等這單完成，我就真的有錢可以好好去精進技術……啊，你等一下，我媽肯定又忘記拿水壺了。』

青年聽到敲門聲，便放下手機出去開門。

意外的，門外站著一個像是水電工的男人。

男人戴著鴨舌帽，抬頭的時候，眼神特別亮，像鷹隼的光。

青年兩眼翻白地躺在臥室地板上。

男人俐落地操作著他的電腦，右耳上的藍牙耳機顯示通話中。

「文件沒在電腦內，應該是沒有竊取成功。」男人說完，把桌上的可樂倒進電腦機箱，看著裡面冒出一股煙。

「您放心，我會處理乾淨。」男人起身，跨過依然昏迷不醒的青年，搜走了抽屜裡所有可儲存資料的隨身硬碟。

然後，他去到殘留著晚飯香味的廚房。

擰開瓦斯。

離開前，男人看到桌上的蘋果，拿走吃了。

※

「我們要怎麼回去，不會是走路吧？」

從別墅出來走到大馬路上後，蘇珞意認識到問題的嚴重性。

非限定Alpha —— 米洛

這裡就沒有巴士站。

兩邊都是已經拍賣、等待建造新樓的荒地。

「我叫了車。」身旁的昊一道。

蘇珞點點頭，馬路雖荒僻，但路燈明亮，他看著地上並行的影子，忽然發現昊一一直走在馬路的外側。

在別墅區時也這樣，他自然而然地讓自己走裡側，即使路上沒車。

蘇珞自分化為Alpha以來，就算是至親的父親，也不再把他當一個孩子那樣呵護。

因為是得天獨厚的Alpha，是那種丟在狼群出沒的森林裡都能活下來的Alpha，所以社會精英是他們，扛大梁的也是他們。

那些能把Beta、Omega徹底擊垮的高壓生活，在Alpha這裡卻是常態。

大家總把分化為Alpha視為「人生贏家」，像中頭彩一樣幸運。

可只有分化成Alpha後才能明白，在獲得優秀體能的同時，也直接從新手村被傳送進只打Boss的困難副本。

從此人生只有「Hard模式」可選。

不過蘇珞覺得這也沒什麼可抱怨的。既然比其他人擁有更多「能量」，自然要承擔起幹掉Boss的任務。

這就像與生俱來的使命一樣。不是有科學家敲黑板說：「Alpha的優異基因，是註定要給人類發展做出貢獻的。」

蘇珞認為自己雖然不像其他Alpha那麼厲害，但也總想為身邊的人做點什麼。

就好像他決定走程式開發這條路，一開始只是想幫爸爸整理電腦內數以萬計的電路圖紙。

他在網上查找軟體時，看到有人說可以自己寫程式來用，便開始接觸程式語言。

這期間的坎坷不言而喻，不過當他真的幫爸爸寫出一套可以一鍵分類整理圖紙的程式，看著爸爸驚訝地問，是從哪下載的，同事也需要時，才意識到自己真的成功了。

以及，原來寫程式是這麼有意思的事。

這繁雜而龐大的數字世界，乍看與你的生活並不關聯，你也從不會去關心經常玩的遊戲、經常使用的軟體背後，存在哪些表達式、函數和循環、變數，可是一旦知道了，即是全新的視野。

當你掌握的程式碼越來越多，能解決的問題也就更多，而隨著問題的解決，就會發現原先作夢才能想到的事情，比如抓住讓人氣得牙癢癢的網路詐騙犯，程式碼都可以幫忙實現。

就像夢想照進現實一樣，這感覺讓人通體舒暢，心裡特別爽。

而此時走在身旁的昊一，同樣帶給蘇珞這樣的感受——整個人都很開心，也很舒適。

就彷彿喝下億噸快樂肥宅水，從頭到腳冒著甜甜的氣泡，快樂得只想傻笑。

可是又總覺得和寫程式的快樂，有那麼一點點不同。

蘇珞想了想，大概是因為他的世界裡，從沒有過「隊友」吧。

每次都是單刷Boss副本，這一天，又如往日那樣開啟副本、開刷Boss，但在霧靄重重的四周，突然就出現了隊友。

還是那種可以把後背交給他的大神。

就是這麼驚喜。

這才是中頭彩一樣的幸運。

「昊一！」想到這裡，蘇珞頓時有種打雞血似的嗨。他一把拽住昊一的胳膊，滿面喜色地看著他說：「好兄弟，我也會做你後背！」

其實蘇珞想說「罩著你的後背」，只是一時激動嘴快了，不過蘇珞覺得，好兄弟自然無需解釋，懂的都懂。

「嗯？」完全不知蘇珞腦內小劇場的昊一，只能從「後背」、「做」這樣的字眼去理解。

大概是法學系的孩子，都特別計較用詞吧。比如「定金」和「訂金」，雖是一字之差，卻謬之千里。

（他的意思是……）

昊一看著蘇珞興高采烈、小臉通紅的模樣，推出結論：

（——想從後背操我嗎？為什麼這麼突然？）

真是……又開心，又不好意思。

昊一不禁搔了搔臉頰，都有些無法直視蘇珞那雙特別閃亮、特別期待的眼睛，

「這樣嗎……」

下一秒，昊一反應過來。

（啊，蘇珞的意思是，他只做1，不做0？）

明明長得這麼可愛。

在白熾路燈籠罩下，蘇珞的臉蛋像白嫩的豆腐，都能掐出水來。

他抬頭說話的時候，鎖骨都自帶柔光濾鏡似的，白得發亮。

非限定Alpha —— 米洛

昊一都快忍不住要啃上去了，在那一片牛奶肌上種草莓。

只是親上去容易，讓他停下可就難了。

基於這是在大馬路上，所以他最好不要這麼做。

（他想做1啊……）

思緒再度來到問題的關鍵部分，昊一心想：沒錯，「卡哇1」也是1啊，誰說長得可愛就不能做1呢？

只是這樣的話，他們就撞號了吧。

說實話，在遇到蘇珞以前，昊一從沒有作過「春夢」，或有任何的性幻想對象。

世界對他來說，是香蔥拌豆腐，一青二白。

清清白白的世界，沒有染指的欲望。

直到遇見蘇珞。

那天雷勾動地火般，從心口激起的悸動瞬間竄遍全身。

哪怕午夜夢迴，那份初見他時的心動，依然會讓呼吸熾熱、指尖微顫……像要抓住夢中的他一樣伸出手，卻只是空氣而已。

昊一不禁想：

（誠然，蘇珞現在就在我眼前，不再只是一段忘不掉的記憶，可是，他要是知道我在幻想中對他做過怎樣過分的事情……恐怕他會躲得要多遠有多遠，還會報警，聲請人身保護令吧。）

昊一看著手舞足蹈地說起手機遊戲的蘇珞，心嘆他是真的喜歡玩遊戲，看他滿臉燦笑，更可愛了。

昊一的心緒也更不平靜。

啊……好想抱著他親……

從頭親到腳……把他弄得濕乎乎、黏答答的……想看他哭唧唧地抱著自己說：好舒服，還要……

（停下！你是變態嗎？）

昊一無力地想，或許在蘇珞這裡，自己就是個徹頭徹尾的變態吧。

只是，有件事他不明白，為什麼有關誰1誰0的話題，會跳轉到遊戲上頭。

難道是因為電腦的語言，就是1和0嗎？

這怎麼可能？

昊一不覺歪了歪頭，覺得自己想遠了。

非限定Alpha——米洛

「那個，蘇珞。」昊一抬手搔了搔臉頰，看著他開口：「也不是不行。」

「啊？」蘇珞正沉浸式地幻想和昊一一起推塔殺Boss呢。

他甚至不明白，為什麼昊一看起來有那麼點「秀色可餐」。

就很好看。

仔細一瞧才發現，昊一的耳朵……都紅了呢。

這讓蘇珞看呆了。

哇，真好看。

如果是班裡的女生看到昊一這模樣，一定會掏出手機尖叫著問：「請問這是什麼色號的腮紅？」

不過耳朵上也能用腮紅形容嗎？

不禁沉迷在昊一「男色」中的蘇珞，腦袋裡思索著這個問題。

耳朵則聽著昊一那略帶羞澀又一本正經的話語：「只要能讓你爽到，我怎麼都可以，只是等你結束後，我能不能反攻一次？我保證不會讓你感到不舒服……」

「啊？」蘇珞愣了愣。「反攻？」

「嗯。」在這麼重要的關口，昊一當仁不讓地要把事情講明確。「因為我也想要上你。」

大概是這句話太黃暴了，蘇珞忽略了那個「也」，只聽到「上你」。

他的臉登時紅得像抹了腮紅，不，是糊了一坨大紅色的腮紅，連額頭都又紅又燙。

「靠！」蘇珞又羞又臊，這不就是傳說中的——「我拿你當兄弟，你他媽想操我！」

「兄弟？」昊一聽見，俊眉一皺。

「欸？」蘇珞這才發現，自己竟把話喊出來了。

「不要。」昊一猶如不講道理的財閥少爺，胳膊交疊一抱說：「我們不做兄弟。」

「就是兄弟。」蘇珞羞惱道：「愛做不做。」

「你好凶啊。」昊一還委屈上了。「你在我夢裡不是這樣的。」

「什麼，夢裡？」蘇珞有種不好的預感。

「嗯。」昊一點頭。「你會叫我『哥～』，會要親親……仔細想來，也不全是夢，在你家，你的床上時，我們確實有親親……」

蘇珞的嘴巴張大到能塞下自己的拳頭，他想反駁，但昊一說的是事實。

他們確實親過，還不只是親嘴。

所以他張大嘴巴，卻說不出話。

非限定Alpha —— 米洛

但Alpha嘛，動手總是比說話快。

他左右一張望，路肩有破掉的鋪路磚、斷裂的木板條，都是揍人的好家什。

只是磚頭太硬，木板條上還有釘子。

所以，蘇珞最後彎腰，脫下了自己的四十四碼籃球鞋。

他要用這高科技的氣囊球鞋底抽死昊一。

於是，昊一邊往後面閃退邊說：「我們真的做不成兄弟。」

蘇珞則是單腳跳著追打：「你還說，有種別跑！」

「我要是不跑，你就要守寡了。」昊一嘆著氣道。

「什麼？」蘇珞金雞獨立，勉強站住。

「因為我是你老攻啊。」昊一說完，還衝蘇珞勾勾手指。「快過來老攻這裡。」

「昊一！你死定了！我一定要揍扁你！」

蘇珞像單腿青蛙似地往昊一那使勁一蹦，大有將他撞飛的態勢。

可昊一不但不躲，還雙臂一展，將用力過猛、差點摔倒的蘇珞攔腰一抱。

蘇珞全身的力氣都壓進昊一的懷裡，誰讓他是單腳往前衝的呢。

可昊一仍然穩穩地抱住他，還順勢摟緊了。

「好，我讓你揍。」昊一看著近在咫尺的蘇珞臉龐說：「你小心點，別把自己摔了。」

「我、我幹嘛聽你的！」蘇珞攥了攥手裡的球鞋，不禁移開視線。「我現在不想揍你了。」

「那你什麼時候想了，記得通知我一下。」昊一依然盯著他看，然後湊到他耳邊說：「不只是揍我，想幹別的事也可以。」

「好癢～」蘇珞縮了縮脖子，另一手推著昊一的肩。「你放開，我要穿鞋。」

就在這時，不知從哪來的明亮車頭燈照到了他們。

蘇珞瞇了瞇眼，才看清車就停在馬路對面。

而且不是一輛，是三輛。

前後各一輛ＢＭＷ，中間的是加長型林肯。

這三輛車的烤漆都黑得發亮。

林肯車的車門沉穩打開。

秦越長腿一邁，走下車來。

「嗨～」隔著馬路，秦越歡快地招手道：「那邊的兩位大帥哥，要不要來一次三人

非限定Alpha——米洛

約會啊？」
「班長怎麼來了？」蘇珞喜出望外。
還是這種被保鏢環繞的陣仗。
「網約車。」昊一答道。
「班長怎麼會是網約車呢？」
「我網上約的他。」
「……你這笑話好冷。」蘇珞卻噗嗤笑了。「不過看見班長，我還是很開心！」
蘇珞正想屁顛屁顛蹦躂過去，後衣領卻被昊一揪住。
「幹嘛？」蘇珞回頭。
「穿好鞋子。」昊一說著，拿過蘇珞一直提在手裡的球鞋。
「啊，我忘了。」還真是單腳蹦躂上癮了。
昊一看了蘇珞一眼，還笑了一下。
「你笑屁。」總感覺被當小孩一樣笑話了。
「我沒有。」昊一回答，直接蹲下身，輕握住蘇珞的腳掌，幫他穿鞋。
「我自己來……」蘇珞忍不住咕噥，可昊一還是幫他穿鞋，白皙修長的手指靈巧地繫著鞋帶。

「嗯，很帥。」繫完鞋帶，昊一並沒有立刻起身，依然單膝蹲著，一隻手臂擱在膝上，自下而上地看著蘇珞，微微一笑道：「不管鞋子還是人，都很帥。」

「……」蘇珞的心怦怦地跳，在這一瞬，他把班長給忘了。

就在這時，林肯車另一邊的車門打開，伴隨著一股百合花的馨香，一個穿著水手服、綁著烏黑雙馬尾的女孩奔下車，像小兔子一樣躍過馬路。

「秦慧怡？」昊一站起身。

那女孩不僅熱情地撲向昊一，還「咚」一下埋首進他的胸前，情難自禁似地喊道：

「昊一歐尼醬！代絲ki噠～」

就很二次元了。

「最喜歡哥哥？」蘇珞眨了眨眼，看著和無尾熊一樣抱著昊一的女孩，嘴角一扯，皮笑肉不笑地說：「很好，直接就是四人約會了。」

「嗯？」昊一看向蘇珞。

「你和她，我和班長。」

說著，蘇珞甩下昊一，朝著笑得已趴倒在車門上的秦越走去。

非限定Alpha——米洛

女孩抬起頭，看著自始至終都沒有碰自己一下，完全是紳士手狀態的昊一，笑嘻嘻道：「他吃醋了嗎？吃醋了吧？我哥說，我這麼能寫本子，肯定能給你助攻！」

「不寫我和你哥了？」

大概是有什麼不好的回憶，昊一牙疼似地用舌頭舔了下後槽牙。

「1v1發展到最後都會變成3P啊，就是小三出現。」

「什麼？」昊一看起來牙更疼了。

「所以加個新角色進去會很有趣，而且那個小哥哥好可愛，我覺得我又可以了……唉唉疼疼！」一側的馬尾被揪住了。

「他不行。」昊一認真地說：「他是我的。」

「連想想都不行嗎？」女孩救出頭髮，對著它呼呼地吹氣。

「嗯。」昊一彎腰，與她平視說道：「想都別想。」

何況，秦越的妹妹從來都不只是想想而已。

她超高車速的腦洞大開，是連她哥都會為之振臂高呼：「蒼天啊～請賜我一雙沒看過的眼睛吧！」他就不該去翻妹妹的電腦。

女孩愣了愣，隨即笑得眼睛都瞇成縫。

「好嘛，搞CP搞了這麼些年，終於嗑到真的了～大發！」

※

加長型的林肯車附有吧檯，蘇珞看著晶瑩剔透的酒杯和完全不認得的洋酒，不由得「哇～」一聲，看呆了。

尤其是那些按顏色列隊、彩虹一般的雞尾酒，絕對治癒強迫症。

蘇珞想，看著很好喝的樣子。

他還沒到十八歲，去不了酒吧，但這裡顯然比酒吧更舒適。不僅有優雅的藍調音樂、寬敞的真皮座椅，還有班長坐在身邊。

「拿著。」座椅分布呈L形，蘇珞和班長並排坐著，面向吧檯。

昊一和班長的妹妹秦慧怡則坐在側對吧檯的位置。

雖然都是大長腿，可車內空間依然很充裕。

此時，昊一打開吧檯下的冰箱，從裡面拿出一盒巧克力牛奶，放到蘇珞面前，把占滿他視野的雞尾酒，成功換成抱著巧克力的卡通白兔。

「欸？」

看著牛奶盒上十分熟悉的小白兔，蘇珞愣了一下。

（他怎麼知道我愛喝這個，巧合嗎？）

蘇珞看向昊一。

「你不是餓了嗎？先喝點牛奶墊肚子。」昊一說：「至少還要半小時才能吃上飯。」

「誰說我餓了。」蘇珞朝昊一身邊的秦慧怡瞥了一眼，人家女孩子都還沒喊餓呢。

說真的，他實在沒法不在意秦慧怡。

剛才驚鴻一瞥，就覺得這女孩長得挺好看。

現在坐在車裡，近距離看著，才發現女孩豈止好看，那桃羞李讓的眉眼，根本是校花中的校花。

想想也對，哥哥是校草，妹妹只會更好看吧。

她應該是Beta，蘇珞沒有聞到她身上的信息素。

不知為何，蘇珞有種鬆口氣的感覺。

咕嚕……他才嚷嚷著不餓，肚皮就很不給面子地唱起反調。

聲音還特響亮，以至於大家的目光全都聚焦在蘇珞那立刻紅透的臉上。

蘇珞自然也感受到注目禮，臉更紅了。

「謝了。」他啪地抓過牛奶，拆包裝、捅吸管，跟幹架似地猛吸起牛奶。

「慢點喝。」昊一說著，又揉了把蘇珞的頭髮，這才把背靠回椅子裡。

蘇珞看了眼並肩坐著的昊一和秦慧怡，咬了下吸管，然後強迫自己移開視線，看向面前的吧檯。

「蘇珞，看這裡。」旁邊有人輕輕地拉他衣袖。

蘇珞轉頭，這才發現自己竟然把班長給忘了。

「嗯？」還咬著吸管的蘇珞看向拿著手機、滿臉神祕兮兮的班長。

「鐺鐺～！」秦越把手機螢幕轉向蘇珞。

——是昊一！

昊一的照片。

斜陽西下，碧波蕩漾的泳池邊，穿著三角泳褲，展露性感身材的昊一。

——纖毛畢現的高清。

蘇珞的眼珠子瞪得比貓眼還大，咬扁了的吸管脫出嘴唇。

他完全被閃到目瞪口呆。

因為低腰泳褲的關係，不論是腹肌還是人魚線都一覽無餘。

昊一就像一條剛上岸的美男魚，也太Sexy了！

「這是十七歲的昊一，你沒見過吧？」

秦越壓低聲音，與蘇珞頭湊頭，像在做什麼祕密交易一樣。

「真的很抱歉，因為情報有誤，我以為昊一遇到麻煩，才讓你趕來救他。」秦越道：「嚇著你了吧？這些都是我私藏已久、外面絕對不會有的照片，就當賠禮……」

當然事情的真相是，完全是想助攻一波才把蘇珞騙過去的這一點，秦越是怎麼都不會交代的。

秦越邊說邊劃拉、放大相冊，又挑出一張國中時期的昊一照片。

照片中的昊一髮色全黑，宛如鴉羽，在陽光下閃閃發亮。

身上穿的是黑色小西裝制服，就有種很乖巧的優等生感覺。

「這是十五歲，妥妥的小鮮肉。」秦越是老王賣瓜，越說越帶勁。

蘇珞卻沒法回應秦越，他的眼睛像是被手機螢幕黏住了。

不管是十五歲還是十七歲的昊一，都透著一股清冷。

大約是他的眼睛顏色真的很淡，像深海的堅冰。

有種脫離塵世，無人能將他染色之感。

如果……

蘇珞不由自主地想，如果有那麼一個人，在昊一身上鐫刻信息素，自己一定會很嫉妒。

想到這，他不禁捏緊了牛奶盒。

「這張不帥嗎？」秦越卻誤會了。「那這張呢？他趴在書桌睡覺的樣子……能偷拍到這樣的照片，可是身為竹馬的我的特權。」

「特權」兩個字，讓蘇珞倏地抬起眼簾，就彷彿秦越是突然闖進他領地的陌生Alpha，那種Alpha刻在基因裡的領地意識瞬間被激發。

胸腔內激蕩著的全是非常不愉快的情緒，像突然打翻的菜碟，濃油醬赤的東西全都攪合在一起，滋味非常、非常酸爽。

——這是做什麼？

蘇珞像石化般瞪著秦越，眼前這人可是他傾慕了兩個月的班長大人。

為什麼……為什麼自己想要推開他呢？

把他推離自己的世界。

是……生病了嗎？

此時此刻，連腦袋裡的小喇叭都喊不動了，躺倒在一片狼藉的地板上，滋滋地冒著黑煙與電光。

——不，還沒死透，還能拯救一下。

蘇珞望著小喇叭，心想道。

「這張也不喜歡？不可能吧，這麼好看。」

沉浸式曬照的秦越，顯然沒有領會到蘇珞當機的原因，他不解地拿回手機，小狗刨土似地刷著相冊，誓言要找出一張能掰彎蘇珞的昊一帥照。

蘇珞身後的沙發墊陷了下去，意識到有人坐在自己身後，他想回頭，可那人動作更快，白淨的手指、寬大的手掌，摸上他的臉蛋就是一捏，然後他整個上半身都不由得往後倒去。

捏著他臉的人是昊一。

蘇珞雖然知道，可在對上視線的剎那，心跳還是漏了一拍。

「看什麼照片。」昊一的冰眸直直地望進蘇珞的眼底，很厚臉皮地說：「我整個人都在你這。」

蘇珞的臉被指頭掐著，嘴唇嘟起，像被逮住的無辜小獸，眨著琥珀色的眼睛，一動不動地看著昊一。

「還是本人更帥吧。」昊一說著，指頭輕輕搔弄蘇珞的下巴，跟逗小貓似的。

蘇珞皺起眉頭。

心——跳得好快。

為什麼……？

為什麼心跳快到像要蹦出胸膛一樣？

在聽到昊一說「在你這」時，那種讓自己抓狂的、無解的焦躁，瞬間消失了。

取而代之的是，無法言喻的……高興。

就……很高興。

從未有過、非常直白的開心、雀躍。

「不行！我憋不住了，哈哈哈哈！這也太可愛了吧！」

一直悶不吭聲地前排嗑糖的秦慧怡爆笑出聲。她指著硬是擠到蘇珞身邊的昊一說：

「歐尼醬，你慌了吧？你剛才是真的慌了吧！」

「我還沒見過你慌張呢，原來是這樣有趣。」秦慧怡笑得合不攏嘴，猛拍大腿。

「怎麼可以這麼甜呢？這就是真CP的魅力？」

「啊？」蘇珞回過神，把昊一的手拉下來，還把喝空的牛奶盒丟進垃圾桶，完成這一系列的操作後，他依然沒能弄懂她的意思。

「不明白嗎？」秦慧怡笑咪咪地開口：「我來給你解釋一下，這不收費。」

「秦慧怡。」昊一連名帶姓地喊，還看著秦越說：「你不管管她？」

秦越肩頭一聳。「那可是我妹妹啊。」

言外之意，管不住啊管不住。

看著突然變紅的昊一耳廓，蘇珞好奇心起。他把昊一推向椅背，越過他的肩膀，直接問女孩：「什麼意思？」

「就是歐尼醬在聽到我哥說，要給你看照片的時候，就開始緊張了，但他又很期待你的反應。」秦慧怡豎起手指，在耳邊比劃偷聽的樣子。「他一直豎著八卦的小耳朵，直到聽到我哥說：『不帥嗎？』就徹底坐不住了，要去你那刷新一下顏值。」

「歐尼醬～你放心吧，你的顏值一直在線上。」秦慧怡不愧是畫同人本子的，把小哥哥們的內心戲分析得明明白白。「沒見蘇珞小哥哥一直盯著你看嗎？」

「我哪有，是他抓著我的臉我才看的。」蘇珞立刻否認，只是他的耳朵比昊一的還紅得快。

「別聽她的。」昊一對蘇珞說：「她腦洞太大。」

「嗯，看出來了。」蘇珞點頭。

「幾個意思，這就合夥欺負起我妹妹了？」秦越加入進來，看熱鬧的哪會嫌戲大。

「到底是哪邊欺負哪邊？」昊一看向秦越。

「啊，對了！」秦慧怡一拍手掌，極其興奮地說：「蘇小哥哥，我這裡有比照片和本尊都更好看的東西哦！就當我們初次見面的禮物……」

秦慧怡翻起身邊的書包，從裡面掏出一本彩色封面的漫畫。

「不行！」

「住手！」

只見昊一和秦越不約而同地張開手掌，遮蓋在蘇珞的眼前。

「是什麼？」蘇珞只看到搖晃的手指，不得不歪過腦袋，在指縫間找角度。

「小怡。」秦越更是激動地喊：「有話好好說，動什麼本子。」彷彿她手裡拿的是什麼凶器。

「哥！歐尼醬！你們太過分了，我畫得這麼好，送給未來的嫂子有什麼錯！」秦慧怡道：「這可是絕版的，你們想買都買不到！」

昊一阻攔的動作突然一頓，像是有一瞬間心動，但很快又搖頭，堅定地說：「不要。」

有道是，越不給看越好奇，蘇珞都快饞死了。

「蘇寶他還是個孩子！」秦越絕望地喊。

「誰是孩子？班長你也就比我大兩個月。」蘇珞哭笑不得，抬起屁股想離開這擠著三隻Alpha的座位。「我什麼漫畫沒看過。」

可是昊一一把捉住蘇珞的手腕，又把他拉了回去，不僅如此，一手還蓋在他腦袋上，就這麼直接把他擁進懷裡。

蘇珞坐在昊一的大腿上，額頭抵在他胸口，突如其來的麝香味讓他的耳朵一下子滾燙起來。

「這些事，我會教他的。」昊一對秦慧怡說，下最後通牒似的。「把本子收起來。」

直到這一刻，蘇珞才福至心靈地明白秦慧怡手裡的，不是普通H漫，恐怕是尺度很高的BL本子。

這個……他還真沒看過。

靠！他嘴唇一動，無聲地罵道。

怎麼感覺昊一說的話，比小黃本還黃呢？

蘇珞整個人都滾燙起來，不知道是不是因為一下子太羞臊的緣故，腦袋裡的小喇叭垂死掙扎，在那發出滋滋嘎嘎的電子破音。

『你……』

它頓了頓，撂下重磅發言：

『根本就是喜歡昊一吧。』

『你喜歡的人……就是昊一。』

（第一集完）

番外篇〈煙火〉

啪啦——砰！

煙火的隆響震動落地窗，同時照亮黑魆魆的玄關。

「哐啷」一聲，蘇珞被放在門口的雨傘架絆倒。他沒摔著，但鞋櫃上擺著用來放鑰匙的陶瓷盤跌成兩半。

但他顧不上收拾，趕緊回頭提醒：「小心別踩到碎片，昊一。」

昊一半個身子都掛在蘇珞背上，整個人分不清東南西北的醉貓樣，勉力睜開眼睛：

「唔……？」

「還活著是吧？」蘇珞頓時沒好氣。

「嗯。」

「不會喝酒就別喝那麼多。真是的。」

蘇珞一邊嘮叨，一邊連拖帶拽地把昊一帶到沙發前。

「老實躺著，我去給你倒水喝。」

一小時前，蘇珞突然接到昊一的學長打來的電話。

簡單來說，就是他們ＡＯ法學專業的教授榮獲政府頒發的傑出教學獎，教授便拉著一班得意門生一起慶祝。尤其是昊一，他擺在心尖上的學生，更是沒少拉著他一起乾杯。

誰知道昊一不勝酒力，派對還沒開始多久，就醉倒在一邊了。

『他嘟囔著說要見你。那就麻煩你來接他回去吧。』

手機裡是這麼說的。

蘇珞叫了計程車匆匆趕去飯店接昊一時，被等候在大廳裡的學長好生一番打量。

對方顯然滿臉驚奇，沒想到來的人不僅是一個Alpha，而且看穿著打扮，妥妥還是個高中生。

當然，昊一也才二十歲，只是那清冷而獨立的氣質，讓他看起來很成熟、穩重、值得依賴。

「他的車會有人幫他開回家，所以你不用擔心車子的事。」學長體貼地說：「那就勞煩你照顧他了。謝謝你，學弟。」

非限定Alpha——米洛

多餘的話一句沒問，客客氣氣、滿面笑容，果真是未來的社會精英。

這倒讓蘇珞更不自在了，好像他和昊一真有什麼私情一樣。

「唉。」蘇珞覺得頭疼。

其實他不用去接人的。昊大法官的兒子，怎麼可能連個送他回家的人都沒有？可為什麼在接到電話的瞬間，他連衣服都沒換就衝出去了。

這就是腦子有它自己的想法，但身體很實誠嗎？

他穿的還是洗到起毛球的連帽運動衫和運動褲。

而那位學長，還有昊一，穿的是充滿貴族感的黑西裝。

在大堂的水晶吊燈下，兩個人都閃閃發亮著。

肩膀還挨得很近。

總覺得有點……不爽？

昊一突然拉住蘇珞的手。

「幹嘛？」蘇珞被他嚇了一跳。

即便光線昏暗得很，唯有一明一滅的煙火映出昊一酒意酩酊的面孔。他濕潤的眼、泛紅的臉、微蹙的眉，依然是那樣漂亮。

「腳……」沙啞又朦朧的聲音。

「腳？」

「剛才……你摔疼了嗎？」

昊一鬆開蘇珞的手腕，去摸蘇珞的腿。

啪！蘇珞打開他的手。「摔的不是我，是盤子。」

「盤子？」

「對，放鑰匙的。」

「哦……」昊一緩慢地點了點頭，在沙發上躺好了。

這傢伙到底喝了多少啊？蘇珞搖搖頭，剛轉身要走，昊一又晃悠悠地抬起一隻胳膊。

「扶……我起來。」

「幹嘛？」

「你的盤子……碎了，我怎麼都得簽個賠償協議……」

蘇珞哭笑不得地按下他的手。「昊大律師，這事已經和解了，您不用賠。」

「不用賠？憑什麼？」昊一放下胳膊，像受了很大委屈，重重地「哼」一聲。

非限定Alpha —— 米洛

「你『哼』誰呢？」蘇珞有點氣。他好好在家看電視，突然被急Call出去，還花了一大筆零用錢搭計程車，該他「哼」才是。

「沒有公主抱。」

「啊？」

「上回我抱著你進來的，這回你也該抱我。你不抱，才摔了盤子。」昊一閉著眼咕噥：「是你不好。」

「呵，我說你怎麼那麼關心盤子，原來是想坑我呢？」

「嗯。」昊一重重點頭。「挖坑，大大的，很深很深，才能坑住老婆～」

「信不信我把你扔出去？」什麼老婆，誰是老婆？

「不用你扔，我自己走。」

昊一像是真的生氣了，猛地翻身爬起，搖搖晃晃地走向玄關。

「喂，你小心點，我還沒收拾呢！」

蘇珞趕緊追上去，誰知昊一突然拐了個彎。

玄關靠近客廳的一側是一排嵌入式衣櫃，用來放風衣外套、手提包之類的雜物。

只見昊一打開衣櫃門，鑽了進去，反手「砰」地關上門。

蘇珞看呆了。

這是什麼神仙操作？

蘇珞等了有小半分鐘，見衣櫃門還是沒開，怕昊一憋死在裡面，便上前打開衣櫃門。

「醒醒，這不是我家大門。」

「這就是。」昊一站在裡面，晃晃悠悠的。「只是有點窄。」

蘇珞抓著他的胳膊把他拉出來，指著玄關的門說：「這才是我家大門，你要走，請從這裡出去。」

昊一拉開蘇珞的手，轉個身，又往客廳去了。

在沙發上重新坐下後，他用無事發生的語氣道：「蘇珞，我想要喝水。」

「……」

蘇珞深吸了一口氣。

別生氣，是自己帶回來的，也別和一個醉鬼計較。

然後他打開燈，去廚房的冰箱裡找礦泉水。

瞬間的燈火通明讓昊一不得不拿起抱枕擋住光，酒也似乎醒了一點。

Alpha超強的五感會帶來副作用，比如喝醉的時候也會特別難受，會控制不住自己的信息素，讓它如惡靈般肆意出擊。還是睡吧，睡著了比較好……在煙火的光芒中見到最想要見的人，陪他一起過節，還有什麼比這更幸福的事呢？

抱枕下，昊一的唇角浮著微笑。

從秦越那裡聽說蘇珞的父親又要出差，蘇珞只有一個人過節後，昊一就計劃著要來陪蘇珞。

可是教授的慶功宴，或者說酒會，又是他無法請假的。

本來「喝醉」是他預先想好的溜出派對的藉口，沒想到教授們太熱情，啤酒裡都放威士忌。果然在那些老薑面前，自己還是太嫩了。

蘇珞在冰箱裡一通翻找，取出礦泉水、冰塊、蜂蜜。蜂蜜水能促進酒精的分解吸收，有效緩解酒醉後的頭疼、暈眩感，還能保護腸胃。

當他拿著一杯蜂蜜水來到客廳，看到昊一抓著抱枕一角躺在沙發上，雙眼緊閉，平穩地呼吸，已經睡著了。

「喂。」蘇珞放下杯子後，用力搖了搖他的肩。「醒醒，把水喝了，回你自己家睡。」

蘇珞的原意是，幫昊一醒酒，然後送他回家。

讓他不用滿身酒氣地出現在父母或者客人們的面前。

聽說昊一家每逢節假日，都是各種名流派對。

「好的……我不睡。」昊一嘟囔著背轉過身，腦袋下塞入抱枕，睡得更舒服了。

醉鬼的話真是一個標點符號都不能信。

蘇珞踹了他一腳。「我就不該管你。」

昊一的肩膀輕輕一晃，便又紋絲不動。

「唉……」

蘇珞環視一下客廳，餐桌上還擺著他來不及吃完的豚骨拉麵。因為就他一個人過節，所以就算去超市買了一堆食材，他也懶得做飯，便用速食豚骨湯料包煮了一大碗麵。

聽著窗外的熱鬧，一邊看電視一邊吃拉麵，明明是他最愜意的時光，可不知道為什麼，當他的眼角餘光掃到冷冷清清的客廳時，突然笑不出來了。

他竟覺得……孤單。

好像突然被整個世界拋棄般，不知所措。

他其實非常希望父親能回家，哪怕在家裡待一晚也好。可他也知道，身為電力系統安全保障的總工程師，父親時常離不開崗位。

非限定Alpha——米洛

只是在兒子和工作之間，父親似乎總是選擇後者。

蘇珞看向空蕩蕩的餐椅，突然想，要是昊一在這就好了。

他做的飯，非常好吃。

可下一秒，蘇珞又覺得這個想法很奇怪——兩Alpha，天生相斥。

尤其像昊一這樣的天之驕子，怎麼可能突然跑來他家做飯呢？

『請問，你是蘇珞嗎？』

想起剛才在手機裡聽到的男性聲音，年輕又自信。他自我介紹說是昊一的學長，熟絡地交代著：『是這樣，昊一他喝多了……』

雖然但是，那學長說話的語氣，還有見到他之後上下打量的眼神，彷彿都在說，他和昊一不是一個世界的人。

咚！蘇珞用力敲了一下自己的腦門。「幹嘛亂想給自己添堵。」

自我意識過剩可不是好事。

說不定人家是在想：「啊，這孩子好帥。昊一是多大福氣，才能被這樣超帥又超酷的人給接回去。」

蘇珞笑了一下，去臥室的衣櫃裡拿了一條毛毯給昊一蓋上，然後坐在地板上，緊挨著沙發，專注地滑手機。

他本想看一部恐怖電影的，可不知怎地，背靠著沙發後，就睡著了。

※

凌晨三點。

「嗚……好重。」

什麼毛絨絨的東西撩撥著面孔，是貓嗎？

蘇珞覺得鼻頭很癢，不自覺抬手，「啪」一下把那擾人清夢的貓咪推開。

等等！他家有貓嗎？

蘇珞嚇得一機靈，猛地睜眼。

幽暗的月光下，那隻巨大的「黑貓」身材高挑，模樣極俊，正壓在他身上，宛若求主人摸頭一般，親暱地用腦袋磨蹭他的臉。

這也是他鼻子會癢的原因。

昊一的頭髮很柔軟，如絲般光滑，摸起來還真的像貓毛一樣，很紓壓……

非限定Alpha——米洛

「啊！不是。」
現在是沉迷擼貓的時候嗎？
「昊一！你給我起來！」
蘇珞使勁推開昊一坐起身，卻發覺屁股底下的墊子很軟。
「欸，我怎麼睡在沙發上？」
他清楚記得，自己是在地上睡著的。
也就是說，是他糊里糊塗地爬上沙發？還是昊一醒了之後，把他給搬上來的？
不管他們是怎麼睡到一張沙發上的，現在都不重要，因為……
「我喜歡你。」
昊一面頰緋紅，漂亮的瑞鳳眼像哭過般濕潤，告白的語氣竟還透著點嬌羞。
這顯然很不對勁啊。
昊一說完，雙臂又抱緊蘇珞，貼著他的面頰，又低又啞地說：「超級喜歡。」
「咿——！」
蘇珞的耳朵滾燙，背脊陡然僵硬。
這是發情了？夢遊？還是只是發酒瘋？

昊一的酒品有那麼糟糕嗎？

那以後可千萬不能讓他喝酒。

「喂，你先鬆手，我去幫你找解酒藥。」蘇珞艱難地抬起胳膊，拍了拍昊一的背。

「我快窒息啦！」

這傢伙簡直像無尾熊一樣，都快掛他身上了。

也許聽到蘇珞說要窒息了，昊一飛快鬆開手，可還是眼巴巴地望著蘇珞。

蘇珞一站起身，他也跟著站起，但是不吵不鬧，就那樣默默地走在蘇珞後面，跟著他從客廳輾轉到臥室，從臥室再到廚房裡，翻箱倒櫃地找解酒藥。

蘇珞好不容易在一團亂的針線包以及微波爐說明書的下面，找到了一盒未拆封的解酒藥。

自從父親不再酗酒後，家裡的解酒藥就算放到過期，也無人在意了。

「呃，我算算過期了多久……九、十……才十八個月。」蘇珞放下藥盒，笑看著比自己要高出半個頭的昊一。「應該沒什麼關係吧。」

不過是過期的解酒藥而已，頂A身體很強悍的。

蘇珞倒了一杯礦泉水，拿了兩粒藥片，遞給昊一。

昊一接過藥片，毫不遲疑地往嘴裡放。

「等等！」蘇珞一把按住他的手。「還是算了，要是吃壞了就糟了。要不，你多喝點水，坐著醒醒神？」

昊一點頭，喝水，然後在沙發乖巧地坐下。

「我是不是該拿手機錄上一段啊？」因為昊一太過聽話，真就像小貓咪化成人形，軟呼呼、蠢萌蠢萌的。

蘇珞笑著，忍不住摸了摸昊一的頭髮。

昊一抬起頭看著他，淺淺一笑，就很撩的感覺。

蘇珞毫無防備，瞬間臉紅心跳，趕緊轉開視線，在沙發的另一頭坐下，還抬手擦了擦鬢角的汗。明明也沒做什麼事，怎麼就這麼熱呢……

——等一下！

從剛才起，他就覺得昊一聞起來特別香，讓他很想要湊上前，深深地嗅他的脖頸，再咬上一口，舔一舔。

——完蛋了。

蘇珞看向從剛才起就一直沒動彈，連呼吸都安靜過頭的昊一，直截了當地問：「你還能控制你的信息素嗎？」

昊一遲疑了一瞬，點頭。

「你這個遲疑是幾個意思？」蘇珞頓覺頭皮像炸開般發麻。

一個頂A失控，可不是開玩笑的。別說他家，這整片街區都會被封鎖起來，嚴禁Omega以及Alpha出入。

昊一失控的信息素，會讓這些人同時進入發情狀態，他們會像瘋了一樣想要交配，哪怕對方可能是自己的親人。

當然，要是事情真的糟糕到那個地步，蘇珞的處境也好不到哪裡去。

並且，蘇珞還想起一件更絕望的事，那就是，他還不能隨意幫昊一打抑制劑，因為昊一不是進入易感期，而是「醉酒」導致信息素失控，必須由醫生為昊一診斷，定好用藥劑量後才能打針。

因為抑制劑並不是萬無一失的藥物，沒摸清具體狀況就注射，不僅會傷害到昊一，還有可能起到反效果，讓他的易感期提前到來。

「別擔心，我不會失控的。」昊一看著蘇珞，清清冷冷地說：「因為我絕不允許自己，在你面前丟臉。」

蘇珞看呆了。有那麼一瞬，他覺得昊一簡直酷斃了。

這樣的宣言，一個Alpha若不是抱著「不成功，便成仁」的決心，是絕對不會說出口。

因為只要是Alpha，就會非常清楚信息素的「失控感」有多麼痛苦。

蘇珞記得自己剛開始分化時，由於身體無法適應過於強烈的信息素波動，連日發燒，全身劇痛，吃盡苦頭。

他可是住了一整個月的醫院，才重新找回活著的感覺。

沒有Alpha會拿「失控」開玩笑，更不會拿它來發誓。

所以，蘇珞相信昊一所說是真的。

只不過，就算昊一能靠那強悍到令人難以置信的意志力，控制住氾濫的信息素，但不代表他本人就一點事都沒有。

昊一的面頰像發燒般緋紅。

喝了那麼多水，嘴唇還是很乾。

他英俊的眉心擰成疙瘩，似乎竭力在忍耐著什麼，手指都握緊了。

昊一顯然非常難受。

蘇珞知道，自己最好不要和昊一待在同一個空間裡。

因為他已經被昊一的信息素影響了。

再待下去，他恐怕會饑不擇食地撲倒昊一。

不過……

這傢伙這麼帥，也算不上饑不擇食。

蘇珞目不轉睛地盯著昊一。

為什麼昊一在瀕臨失控的狀態下，看起來還這麼「高冷」啊？是黑西裝的關係嗎？量身訂製、勾勒出修長腰線的黑色西服，讓昊一看上去正經得不行。

但蘇珞知道，昊一那被西服下襬遮住的臀部，就像短跑運動員一樣挺翹結實。

也知道他隱藏在西裝褲下的大長腿，是令人嫉妒的勻稱。

甚至他露在衣袖外的白皙手腕也是那麼完美，讓人特別想親手摸一摸。

蘇珞越是盯著看，越是沒辦法移開視線，胸腔內的心跳聲「哐、哐！」響著。

忽然，昊一站起身。

蘇珞被嚇了一跳。「你要去哪？」

「浴室。」昊一深喘了一口氣，就像知道自己做錯了事，怕挨罵的小孩般小心翼翼。「我會鎖上門，儘量不影響你，惹你生氣。」

「啥？」蘇珞翻了個白眼，一把拽住他的胳膊。「那已經影響了的，該怎麼辦啊？」

「怎麼辦……」昊一低著頭，漂亮的睫毛很是苦惱地搧動幾下，又抬起頭說：「那你就打一針抑制劑吧？」

「啊？你是不是想死？」這麼直男的話都說得出口？蘇珞想著，就算他只是被影響了，可以打針，但人家Alpha都是酒後亂性，這傢伙居然想酒後禁慾？

「我不能趁人之危，做你其實不想做的事。」昊一輕輕拉下蘇珞的手。「我說過的事一定會做到。我……今晚只是想來陪你，沒想到會給你添這麼大的麻煩。對不起。」

昊一很認真地道歉，轉身要走。

「光道歉可解決不了問題。」

蘇珞又把他拽回，按回沙發上，然後蹲下身，盯著昊一的眼睛說：「聽好了，你不許看我。」

「嗯……？」昊一顯然無法理解。

蘇珞三兩下解開昊一的西裝褲鈕釦，「刺啦」一聲扯下拉鍊。

低腰的純白內褲被某個龐然大物撐起著。

不過這也是理所當然，信息素失控的狀態下，性器也會被影響。

他早該注意到的。

雖然他不是Omega，但是也有能減輕昊一「痛苦」的方法。

他很清楚該怎麼做。

只是全身像燒起一樣燙，因為難為情。

「蘇……」昊一的聲音沙啞極了。

「少廢話。」

蘇珞不敢去看昊一的表情，將手伸進昊一的內褲中，握住那硬得硌手的肉柱。

好大……

也好燙。

這是正常的反應嗎？

明明自己也是Alpha，可蘇珞此時卻頭暈腦脹得很，什麼都不能確定了。

接下去該做什麼呢？

這樣想的瞬間，嘴巴就自然張開，將那因發情而膨脹的龜頭含進嘴裡。

非限定Alpha——米洛

「唔！」

昊一的腰部猛烈一震。

而蘇珞則快要被濃烈的信息素給溺死。那感覺就像昊一咬著他的後頸，強制他交配。緊緊地、極端霸道地壓著他的信息素，嗆得他幾乎無法呼吸，也逼得他的體溫節節攀升，褲襠處一下子變緊。

——他勃起了，脹得生疼。

「唔嗯……咕啾！」

蘇珞拚命壓下自己的反應，用舌頭一遍遍去舔龜頭下的溝槽，再含入滴著汁液的肉冠，反覆地、緩慢地吮吸。

濕潤的聲響嘹亮得驚人。

「啊、蘇珞……哈嗯……！」

昊一的喘息聲亦極重，是蘇珞沒聽過的，格外色氣的聲音。

蘇珞心跳不已，閉著眼用力啜吮，口中的肉柱頓時膨脹得更硬，生生戳頂著軟顎。

「唔……嗯。」蘇珞都懷疑，這是人類該有的尺寸嗎？又開始想，自己能將它吞到何種地步？

這不是什麼競賽，蘇珞就是本能地想要這麼做。

蘇珞埋首，像要將陰莖整根吞下去似的，張大嘴巴，深深地含入。

「嗚……」

但他很快就打住了，因為根本吞不下。

才三分之二而已，那淌著精水、又硬又熱的怪物，就快戳穿他的喉嚨。

當然，硬要那樣也不是不行。

只是就算他想，技術上也做不太到，這種事畢竟沒辦法秒會。

「咕啾……唔。」

蘇珞毫不留戀地轉變策略，改為激烈地攪動舌頭，更大力地摩擦昊一的肉莖，想讓昊一射進自己的嘴裡。

「唔嗯、啾……滋。」

這樣邪惡的念頭究竟是從哪裡產生的呢？

黑暗的客廳內，他跪坐著舔舐另一Alpha陰莖的模樣，又該有多麼淫蕩？

可這些蘇珞統統都顧及不了，只是縮緊雙頰，興致勃勃地動著舌頭，沉醉於為昊一口交當中。

非限定Alpha —— 米洛

「咕……唔！」

隨著口中肉柱強烈的律動，大量腥稠的液體噴湧進蘇珞被摩擦得發燙的嘴巴裡。他一股腦兒全部吞下了，也是在這一瞬間，那極度饑渴又煩躁到不安的失控感，頓時減輕許多。

蘇珞詫異地想，自己難道不是Alpha，而是Omega？

但會有這樣的好事發生嗎？

蘇珞嘆口氣，抬眼，發現昊一正看著自己。

他雙眸閃閃發光，似乎已經恢復理智，而那張俊美無雙的臉蛋，則爆紅到哪怕在昏暗的光線下，都無比鮮明的程度。

蘇珞看傻了，這傢伙，臉紅起來也太誘人了。

但很快的，他又回過神，面紅耳赤地大叫：「我不是叫你別看嘛！」

「對不起。」昊一弱弱地道歉。「我補償你吧。」

「不用！」蘇珞猛地站起身。「你快把褲子穿上就行。」

「可是你也硬了……」

昊一抓住蘇珞的手腕，另一隻手直接往蘇珞的胯間摸去。

「少伸鹹豬手！」蘇珞趕緊拍開他的兩隻手。「我自己會解決啦。」

兩人再這樣黏膩下去，會出事啊。

不被允許用手碰，昊一就從後方貼著蘇珞的背，利用絕妙的身高差，騷里騷氣地撩撥他的耳朵：「自己解決哪有我幫你口更爽？你不是知道，我的舌頭有多厲害嗎？」撩得蘇珞耳背滾燙、腰肢發軟。

蘇珞往前邁出一大步，正要「聲色俱厲」地訓斥：「你還有臉說這些，不會喝酒你逞什麼強？以後別——」

……不對啊。

蘇珞突然想到一件事。

自己幹嘛用嘴巴？可以用手，幫昊一釋放出來啊。

昊一為什麼不提醒他呢？

「你餓了吧？我煮宵夜給你。」昊一飛快地說，繞過茶几，頭也不回地走向廚房。

「總是吃拉麵，碳水化合物過量了，會營養失衡。反正放假，明天、後天、還有大後天的飯菜，我都幫你做，不用客氣。」

「不用客氣？」

非限定Alpha——米洛

蘇珞太陽穴的青筋一跳，只想揪起昊一的西服衣領，把他丟出去。

但，他又是真的亟需解決一下胯間的情況，沒空幹架。

蘇珞氣呼呼地回到臥室，拿了浴巾和換洗衣物走進浴室，想一邊沖澡一邊打手槍。

昊一像影子般跟著進了浴室。

蘇珞殺伐決斷地抬起腿，想將他踹出去。

但昊一輕輕鬆鬆地一擋，順勢將他壓上瓷磚牆，對著他愉悅一笑。

「你是真的欠幹吧，呃！」

雖然很想把這混蛋趕出去，可當昊一修長的手指覆上他勃起的性器、緩慢摩擦時，那上頭的快感讓蘇珞沒辦法啐聲：「滾～」

更甚至，當他洗完澡，從霧氣繚繞的淋浴間裡走出來時，腳下飄得很，還得昊一摟著他的腰，彷彿他才是喝多的那個。

然後，當蘇珞突然意識到浴室裡那麼亮，不是因為燈開著，而是天亮了的時候，臉上燙得都可以煮雞蛋。

他們竟然在浴室裡胡搞了一晚上！

都記不清自己到底射了幾次，也沒臉去細數。

從透氣窗投射進來的第一縷陽光，落在昊一濕漉漉的頭髮上，閃閃發光。

他白裡透紅的肌膚也是，就很亮，仙氣滿滿。

「早安，蘇珞。」

昊一發現蘇珞在看他，微微一笑。

縱然有千萬句「媽的」要衝出口，但或許是礙於害臊吧，蘇珞搔了搔發燙的臉頰，對著昊一道：「早，昊一。」

〈番外篇　煙火〉完

國家圖書館出版品預行編目資料

非限定 Alpha/ 米洛作 . -- 初版 . -- 臺北市 : 臺灣角川股份有限公司 , 2022.07-
冊 ; 公分
ISBN 978-626-321-626-6(第 1 冊 : 平裝)

857.7 111007670

非限定Alpha 1

作者 米洛
插畫 黑色豆腐

2022年7月28日 初版第1刷發行

發行人 岩崎剛人
總監 呂慧君
編輯 溫佩蓉
美術設計 李曼庭
印務 李明修（主任）、張加恩（主任）、張凱棋

台灣角川

發行所 台灣角川股份有限公司
地址 104台北市中山區松江路223號3樓
電話 （02）2515-3000
傳真 （02）2515-0033
網址 www.kadokawa.com.tw
劃撥帳戶 台灣角川股份有限公司
劃撥帳號 19487412
法律顧問 有澤法律事務所
製版 尚騰印刷事業有限公司
ＩＳＢＮ 978-626-321-626-6